前言

　　有不少的學習者在學完初級日文後，會有種焦慮感，覺得「光是上課學到的字、表現，無法暢所欲言」、「試著自行查字典，但無法選擇要用哪個適切的字彙」。因此筆者以初級到中級程度的學習者為對象，依主題選定超越難易度框架的字彙製作本教材，以回應學習者想要暢所欲言的心情。

　　每一課的主題採用貼近學習者的生活情境，以及日本文化、習慣等為中心；句型屬於初中級程度，但是教材中學習的語彙及表現以學習自然豐富的日語為目標。除此之外，為了讓學習者學會日文運用能力不要死背，本書設計了情境豐富的練習、角色模擬、發表練習等。每一課清楚明示可以達成的學習成果，希望學習者依目標進行學習。本書可作為進入中級前的暖身教材，使用者可依需求不同，自行選擇要學習哪些課。

　　透過本教材，學習者不僅可以增加語彙量，同時可以養成因應前後文選擇運用適切單字、表現的能力。另外還對在日本的生活有助益，也對今後的語彙學習方式有相當的參考價值。

　　最後感謝堀內貴子以及高中美穗兩位女士，在製作本教材的過程中她們從教育第一線的角度給予我們相當有助益的建言。

　　另外也非常感謝擔任本書的企劃、編輯、校正的 ASK 出版社的相澤フヨ子以及　沢敦子兩位女士。兩位不厭其煩耐心地極力支持我們，在此衷心致以深深的謝意。

木下謙朗／三橋麻子／丸山真貴子

目次

＜付属CD＞ CD 00 Tracks 1～44

各課的「④ 聞いてみよう」「⑤ やってみよう」的音檔

< 各課の「できるようになること」>

課	できるようになること
1	料理の作り方を　明することができる
2	病院で病　やけがの症　を伝えることができる
3	ほしい服のイメージ　素材　サイズなどを伝えることができる
4	自分やほかの人の性格について言うことができる
5	①どんな家に住みたいか　明することができる ②物件　告を　んで、　容を理解することができる
6	結婚相手の条件と、その理由を言うことができる
7	日本の季節を豊かに表現し、季節の便りを書くことができる
8	日本の慣用句　ことわざの使い方を　明することができる
9	日本や自分の国の世界遺　や名所を紹介することができる
10	グラフの　明ができ、自分の意見を言うことができる

本書使用方法

　本書包含本冊、別冊（單字表、答案）以及 MP3。全書 10 課，各課的主題收錄貼近學習者的生活情境，以及日本文化、習慣等等為中心。

① 絵（図）を見て考えよう

　這是導入頁面，希望讀者邊看插圖以及圖表，邊思考該頁面提出來的問題。

　同時還有列出「できるようになること ◎GOAL 」。

給老師：

① **導入：**利用插圖、圖表等，問學生對話框內的問題，同時引導學生發表自己所知的語彙、表現。

---

② ことばを増やそう

　首先，儘可能地將該課主題的常用字彙搭配插圖一起介紹；接下來介紹可以合併使用的單字及表現，並且替換相關字彙，以增加主題表現的豐富度。最後將這個單元中的學會的字彙、表現，搭配初中級的句型造句 —— 這部分的活用句，會在練習單元中的「⑤ やってみよう」呈現。

　別冊中的單字表中，列入本單元的單字，同時附上中譯。單字的音檔，請參照

　　　　☞ http://www.ask-support.com/japanese/

◇ **語彙、表現（單字→詞組→句子）** ：一一地舉出單字的話會耗費許多時間，如果上課時間有限，請讓學生事先預習讀過一遍。相關單字以及類似表現的部分，則是以「Ｔ：なべで」。「Ｓ：煮る」等等的一問一答的方式練習，就可以達到良好的效果。另外，組成句子的部分，可以讓學生參考例句自由造句。

③ 練習してみよう

「◇ことばを増やそう」中介紹的字彙以及表現的練習題。答案在別冊。

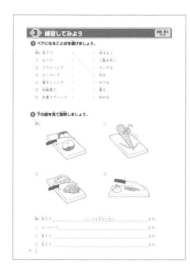

③ **基礎練習問題**

　　此單元的練習問題主要目的是要讓學習者能夠適切地運用字彙、表現，同時使用學到的單字、表現進行說明、描述。上課時學生的回答如果超出各課所提示的單字，但答案正確的話，老師可以適切地全班了解。

　　如果課程時間不夠，這個單元可做為學生的回家作業練習，然後在課堂中解答即可。

④ 聞いてみよう

聆聽會話或文章的內容，將在「② ことばを増やそう」單元中學到的字彙，做聽寫練習。

首先閱讀前後文，思考（　　）中要填入什麼字彙；接下來聽 MP3 確認答案。困難的字彙有中文翻譯。

> 給老師：
> #### ④ 聽力練習問題
> 聽 MP3 之前，讓生推測（　）要填入什麼；同時讓學生在聽完 MP3 之後進行全面思考。

⑤ やってみよう

角色模擬或是發表等等，完成該課主題的應用練習。

首先聆聽該應用練習的示範樣本，接著利用在該課學到的字彙、表現、句子，試著自己寫文章，達成學習目標。

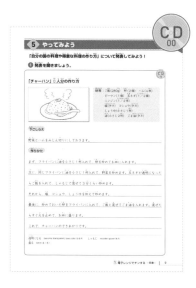

給老師：

⑤ 應用練習

應用練習以下列的順序進行。

① **導入**：利用 MP3 聆聽應用練習（角色模擬、發表等）的示範樣本，讓學習者理解會話及發表等的內容，再次確認其中使用到的表現或是句子等等。

② **應用練習說明**：向學習者說明要進行的應用練習內容（角色模擬、發表等）

③ **接受提問**：接受學習者的提問。

④ **應用練習準備**：讓學習者準備、演練應用練習內容（角色模擬、發表等）

⑤ **應用練習發表**：設下進行發表的場合，讓學習者發表。

⑥ **評估**：最後回顧在第一頁明示的該課「**できるようになること**🎯」，確認學生是否達成學習目標。

如果課程時間充裕的話，完成①～③練習題後，④就當作學生回家作業，然後讓學生進行⑤⑥的發表，花多一點時間進行練習。教師可以依授課時數進行課程調整。

課程進行方式例　1課：45分X4堂（90分X 2堂），全10課約一個月修完

① 沒有預習、回家作業的情況

1堂	2堂	3堂	4堂
① 絵(図)を見て考えよう ② ことばを増やそう	③ 練習してみよう	④ 聞いてみよう ⑤ やってみよう （①導入～③接受提問）	⑤ やってみよう （④應用練習準備～⑥評估）

→

語彙・表現的學習 單字 ⇒ 詞組 ⇒ 句子	基礎練習 單字 ⇒ 詞組 ⇒ 句子	應用練習 句子 ⇒ 文章

② 有預習、回家作業的情況

1堂	2堂	3堂	4堂
① 絵(図)を見て考えよう （確認） ② ことばを増やそう （以關連表現、近似語為中心）	③ 練習してみよう （對答案）	④ 聞いてみよう ⑤ やってみよう （①導入～③接受提問）	⑤ やってみよう （⑤應用練習發表　⑥評估）

→

語彙・表現的學習 單字 ⇒ 詞組 ⇒ 句子	基礎練習 單字 ⇒ 詞組 ⇒ 句子	應用練習 句子 ⇒ 文章

<預習>
① 絵(図)を見て考えよう
② ことばを増やそう

<回家功課>
③ 練習してみよう

<回家功課>
⑤ やってみよう
（④應用練習準備）

1 電子レンジでチンする ―料理―

1 絵を見て考えよう

どんな料理が好き？
どんなものが入ってる？
どんな味？

何を使って作る？

どうやって作る？

GOAL

料理の作り方を説明することができる

2 ことばを増やそう

別冊 ことばリスト P.2-4

❶ 調理器具・調理方法

電子レンジ
温める
加熱する
チンする

なべ
ゆでる
煮る
煮込む
蒸す

フライパン
焼く
炒める
揚げる

ガスコンロ

炊飯器
ご飯を炊く

まな板

ピーラー
(～の皮を)むく

オーブン
焼く

包丁
切る
(～の皮を)むく

みじん切り　乱切り
千切り　輪切り

計量カップ
計量スプーン
量る

❷ 調味料・味

すっぱい　甘い

入れる　加える

混ぜる

辛い

タバスコ　酢　砂糖　みりん　しょうゆ

しょっぱい

塩

みそ

酒

かける

マヨネーズ

ケチャップ　ソース　コショウ　だし(汁)

14

◆ 下線に入ることばをかえてみよう

▶ (調理器具) で (調理方法):
包丁で切る

包丁 …………	切る・皮をむく
包丁・ピーラー …	皮をむく
フライパン ……	炒める・焼く・揚げる
なべ …………	ゆでる・煮る・煮込む・蒸す
オーブン ………	焼く
電子レンジ ……	温める・加熱する・チンする
炊飯器 ………	ご飯を炊く

▶ (材料) を (大きさ・形) に切る:
肉を半分に切る

[肉・ジャガイモ・キュウリ・
ニンジン・リンゴ] …… [半分・4cmぐらい
食べやすい大きさ]

▶ (材料) を (切り方) にする:
キャベツを千切りにする

[キャベツ・ニンジン・
キュウリ・玉ネギ] …… [千切り・輪切り
乱切り・みじん切り]

◆ さらに表現を広げよう

調理

▶ 火加減:とろ火・弱火・中火・強火

▶ 600W   180℃

▶ さっと < じっくり   炒める・焼く・揚げる

調味料

▶ 小さじ・大さじ2杯   少々

▶ 1／2 カップ   500ml

◆ 料理の作り方を説明してみよう

▶ (材料) を (大きさ・形) に切っておきます。
ジャガイモを食べやすい大きさに切っておきます。

▶ (材料) を (切り方) にしておきます。
玉ネギをみじん切りにしておきます。

▶ (材料) を (調理器具) で (調理方法)。
切った野菜をフライパンで5分ぐらい炒めます。

▶ (温度・火加減) で (調理方法)。
500W で6分間ジャガイモを加熱します。

▶ (調味料) を (分量) 入れます／加えます。
ケチャップを大さじ4杯、ソースを大さじ2杯入れます。

別冊 答え P.35

❶ ペアになることばを選びましょう。

例）包丁で　　　　　　・　　　　　　・　皮をむく

① なべで　　　　　　　・　　　　　　・　ご飯を炊く

② フライパンで　　　　・　　　　　　・　チンする

③ ピーラーで　　　　　・　　　　　　・　切る

④ 電子レンジで　　　　・　　　　　　・　ゆでる

⑤ 炊飯器で　　　　　　・　　　　　　・　量る

⑥ 計量スプーンで　　　・　　　　　　・　炒める

❷ 下の絵を見て説明しましょう。

例）

①

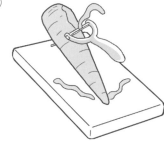

②

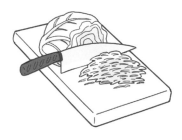

③

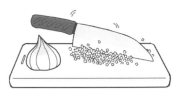

例）包丁で＿＿＿＿＿＿リンゴを半分に切り＿＿＿＿＿＿ます。

① ピーラーで＿＿＿＿＿＿＿＿＿＿＿＿＿＿＿＿＿＿＿ます。

② 包丁で＿＿＿＿＿＿＿＿＿＿＿＿＿＿＿＿＿＿＿＿＿ます。

③ 包丁で＿＿＿＿＿＿＿＿＿＿＿＿＿＿＿＿＿＿＿＿＿ます。

16

❸ 下線に入ることばを下から選びましょう。

①ジャガイモを_____の電子レンジで2分間加熱します。

②なべに水を_____入れて、卵をゆでます。

③しょうゆ_____と塩・コショウを少々加えて混ぜます。

④野菜を小さく切って、_____でさっと炒めます。

⑤ドーナツは_____ぐらいの低温でじっくり揚げます。

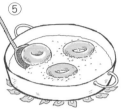

⑤

500ml	600W
強火 大さじ2杯	160℃

❹ 下線に入ることばを考えましょう。

①ジャガイモの皮を_____で_____ます。

②グレープフルーツを_____に切って、砂糖を_____ます。

③チーズケーキの材料を混ぜて、180℃のオーブンで_____ます。

④焼きすぎないように、火_____に注意しましょう。

⑤とんかつには、_____のキャベツがついています。

⑥ジャガイモを切って油で_____と、フライドポテトができます。

⑦おかしを作るときは、材料を計量スプーンできちんと_____たほうがいいです。

⑧料理が冷たくなってしまったので、電子レンジで_____て食べます。

②

⑤

4 聞いてみよう

CDを聞いて、（　　　　　）に入ることばを入れましょう。

料理の作り方

「肉じゃが」2人分　CD 01

材料：牛肉(100g)　ジャガイモ(大2個)　ニンジン(小1本)
　　　　玉ネギ(中1個)　インゲン(2～3本)　だし汁(500ml)
　　　　みりん(大さじ1杯)　砂糖(大さじ2杯)　しょうゆ(大さじ1杯)

下ごしらえ　野菜は（　　　　　　　　）にしておきます。牛肉は（　　　　　　　　）
に切っておきます。インゲンをゆでておきます。

作りかた　まず、フライパンに油をひき、（　　　　　　　　）玉ネギ、ニンジン、ジャ
ガイモと牛肉を軽く（　　　　　　　　）。次に、（　　　　　　　　）にだ
し汁を入れて、炒めた野菜と牛肉を入れ、（　　　　　　　）で煮ます。
それから、（　　　　　　　　）にして、野菜がやわらかくなるまで
（　　　　　　　　）。最後に、みりん、（　　　　　　　　）、しょうゆを
（　　　　　　）、汁がなくなるまで煮て、ゆでておいたインゲンを入れます。
これで、肉じゃがのできあがりです。

インゲン　四季豆　　油をひく　塗油・抹油　　汁　湯汁　　できあがり　完成

「焼きおにぎり」2人分　CD 02

材料：ご飯(280g)　しょうゆ(大さじ2杯)　みりん(小さじ1杯)
　　　　ごま油(小さじ1杯)

下ごしらえ　ご飯を（　　　　　　　　）ておきます。

作りかた　まず、ご飯にしょうゆを入れて、よく（　　　　　　　　）。次に、しょう
ゆと（　　　　　　　　）とごま油を混ぜて、たれを作ります。それから、
おにぎりを作ります。そして、（　　　　　　　）で焼き色がつくまで
（　　　　　　　）て、たれを塗ります。これを2～3回くり返します。
これで、焼きおにぎりのできあがりです。

ごま油　芝麻油　　たれ　醬汁
焼き色がつく　煎到上色
塗る　塗抹　　くり返す　反覆

5 やってみよう

「自分の国の料理や得意な料理の作り方」について発表してみよう！

1 発表を聞きましょう。

CD 03

「チャーハン」2人分の作り方

材料：ご飯（280g） 卵（2個） ハム（4枚）
ピーマン（1個） 玉ネギ（1／2個）
ニンジン（1／2本）
塩（少々） コショウ（少々）
しょうゆ（小さじ1杯）
油（小さじ2杯） ごま油（少々）

下ごしらえ

野菜とハムをみじん切りにしておきます。

作りかた

まず、フライパンに油を小さじ1杯入れて、卵を炒めてお皿に入れます。

次に、同じフライパンに油を小さじ1杯入れて、野菜を炒めます。玉ネギが透明になった

らご飯を入れて、しゃもじで混ぜて3分くらい炒めます。

それから、塩、コショウ、しょうゆを加えて炒めます。

最後に、炒めておいた卵をフライパンに入れて、ご飯と混ぜてごま油を入れます。混ぜた

らすぐ火を止めて、お皿に盛ります。

これで、チャーハンのできあがりです。

透明になる 變透明　しゃもじ 飯匙
盛る 盛（飯）

② 発表しましょう。

_____ の作り方

材料：

下ごしらえ

_____ ておきます。

作りかた

まず、

次に、

それから、

最後に、

これで、 _____ のできあがりです。

2 寒気がする　―病気・症状―

1 絵を見て考えよう

どんな症状？

どうしたら治る？
どんな薬がある？

病気にならないために
何をする？

GOAL
病院で病気やけがの症状を伝えることができる

2 ことばを増やそう

別冊 ことばリスト P.5-7

① 病気・症状

風邪をひく・インフルエンザにかかる

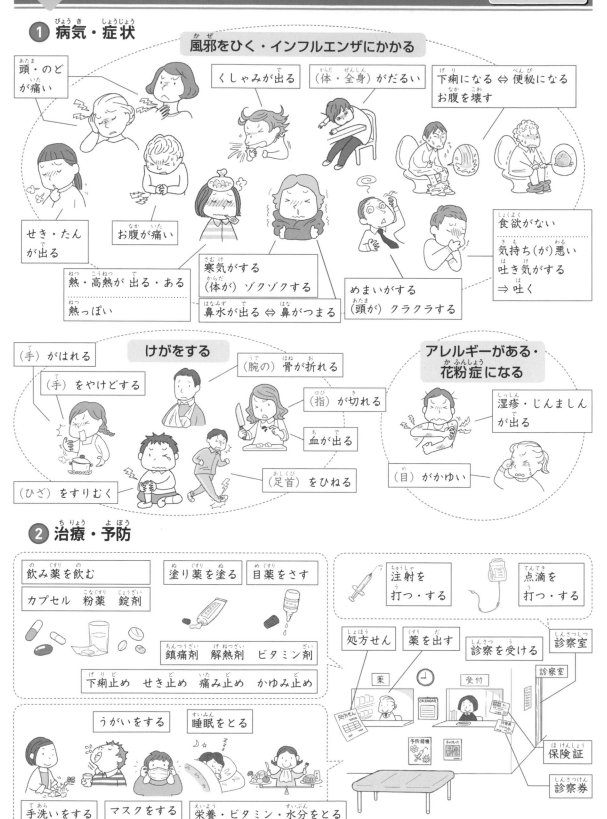

- 頭・のどが痛い
- くしゃみが出る
- (体・全身) がだるい
- 下痢になる ⇔ 便秘になる／お腹を壊す
- せき・たんが出る
- お腹が痛い
- 寒気がする／(体が) ゾクゾクする
- 熱・高熱が出る・ある／熱っぽい
- 鼻水が出る ⇔ 鼻がつまる
- めまいがする／(頭が) クラクラする
- 食欲がない
- 気持ち(が)悪い／吐き気がする ⇒ 吐く

けがをする

- (手) がはれる
- (手) をやけどする
- (腕の) 骨が折れる
- (指) が切れる
- 血が出る
- (足首) をひねる
- (ひざ) をすりむく

アレルギーがある・花粉症になる

- 湿疹・じんましんが出る
- (目) がかゆい

② 治療・予防

- 飲み薬を飲む
  - カプセル　粉薬　錠剤
  - 鎮痛剤　解熱剤　ビタミン剤
  - 下痢止め　せき止め　痛み止め　かゆみ止め
- 塗り薬を塗る
- 目薬をさす
- 注射を打つ・する
- 点滴を打つ・する
- 処方せん
- 薬を出す
- 診察を受ける
- 診察室
- 保険証
- 診察券

- うがいをする
- 睡眠をとる
- 手洗いをする
- マスクをする
- 栄養・ビタミン・水分をとる

◆ 下線に入ることばをかえてみよう

▶ _____ がする	寒気（さむけ） 吐き気（はきけ） めまい
▶ _____ が出る（で）	熱（ねつ） 高熱（こうねつ） くしゃみ 鼻水（はなみず） せき たん 血（ち） 湿疹（しっしん） じんましん
▶ _____ が痛い（いた）	頭（あたま） お腹（なか） のど
▶ _____ がだるい	体（からだ） 全身（ぜんしん）
▶ _____ 気味（ぎみ）	下痢（げり） 風邪（かぜ） 便秘（べんぴ）
▶ _____ をとる	栄養（えいよう） 睡眠（すいみん） 水分（すいぶん） ビタミン
▶ _____ をする	マスク うがい 手洗い（てあらい） 注射（ちゅうしゃ） 点滴（てんてき）
▶ _____ を打つ（う）	注射（ちゅうしゃ） 点滴（てんてき）

◆ ことばを言い（い）かえてみよう

- ▶ 頭（あたま）が痛い（いた） ⇒ 頭痛（ずつう）がする
- ▶ お腹（なか）が痛い（いた） ⇒ 腹痛（ふくつう）がする
- ▶ （腕（うで）の）骨（ほね）が折れる（お） ⇒ （腕（うで）を）骨折（こっせつ）する
- ▶ （足首（あしくび）を）ひねる ⇒ （足首（あしくび）を）ねんざする

- ▶ 薬（くすり）を出す（だ） ⇒ 薬（くすり）を処方（しょほう）する
  - 処方（しょほう）せんを出す（だ）
- ▶ 薬（くすり）を飲む（の） ⇒ 服用（ふくよう）する
- ▶ 病院（びょういん）に通う（かよ） ⇒ 通院（つういん）する

◆ 症状（しょうじょう）を説明（せつめい）してみよう

- ▶（症状（しょうじょう））がするんです。
  - 先週（せんしゅう）から めまい がするんです。
- ▶（症状（しょうじょう））が出る（で）んです。
  - せきと 鼻水（はなみず）が出る（で）んです。
- ▶（体（からだ）の部位（ぶい））が痛い（いた）んです。
  - 風邪（かぜ）をひいてしまって、のどが痛い（いた）んです。
- ▶（体（からだ）の部位（ぶい））がだるいんです。
  - 昨日（きのう）から 全身（ぜんしん）がだるくて、吐き気（はきけ）もするんです。
- ▶（けが）してしまったんです。
  - テニスの試合（しあい）で 腕（うで）を 骨折（こっせつ）してしまったんです。
- ▶（病気（びょうき）・症状（しょうじょう））気味（ぎみ）なんです。
  - 下痢（げり）気味（ぎみ）なんです。

- ▶（治療（ちりょう）・予防（よぼう））てください。
  - ようにしてください。
  - うがいと手洗い（てあらい）をよくしてください。
  - 水分（すいぶん）をたくさんとるようにしてください。

オノマトペを使う（つか）と、いろいろな「痛い（いた）」をもっとわかりやすく伝える（つた）ことができます。

お腹（なか）がチクチクする

頭（あたま）・歯（は）がズキズキする

頭（あたま）がガンガンする

③ 練習してみよう

① ペアになることばを選びましょう。

例) 頭が ・ ・ 出る

① 鼻が ・ ・ 壊す

② 血が ・ ・ つまる

③ お腹を ・ ・ ゾクゾクする

④ 体が ・ ・ クラクラする

② 下からことばを選んで、適当な形に変えて入れましょう。
同じことばを何回使ってもいいです。

①頭痛が＿＿＿＿＿＿て、吐き気も＿＿＿＿＿＿んです。

②風邪の予防のために、毎日ビタミンを＿＿＿＿＿＿ようにしています。

③40度近い熱が＿＿＿＿＿＿ていて、せきやたんも＿＿＿＿＿＿んです。

④サッカーの試合で、骨折＿＿＿＿＿＿てしまいました。

⑤私は卵アレルギーがあるので、卵を食べるとじんましんが＿＿＿＿＿＿ます。

⑥毎日たくさん睡眠を＿＿＿＿＿＿て、うがいを＿＿＿＿＿＿てください。

⑦病院で処方せんを＿＿＿＿＿＿てもらいました。

する	とる	出す	出る

❸ ほかのことばに言いかえましょう。

①腕をやけどして、先週から病院に通っています。

⇒＿＿＿＿＿＿＿＿＿＿＿＿＿＿＿＿＿＿＿＿＿＿＿＿＿＿＿＿＿＿＿＿＿＿。

②病院へ行って、医者に痛み止めの薬を出してもらいました。

⇒＿＿＿＿＿＿＿＿＿＿＿＿＿＿＿＿＿＿＿＿＿＿＿＿＿＿＿＿＿＿＿＿＿＿。

③今日は朝から、お腹が痛くてデートをキャンセルしました。

⇒＿＿＿＿＿＿＿＿＿＿＿＿＿＿＿＿＿＿＿＿＿＿＿＿＿＿＿＿＿＿＿＿＿＿。

④先週、階段で転んで足首をひねってしまいました。

⇒＿＿＿＿＿＿＿＿＿＿＿＿＿＿＿＿＿＿＿＿＿＿＿＿＿＿＿＿＿＿＿＿＿＿。

⑤1日に3回、食後にこのビタミン剤を飲んでください。

⇒＿＿＿＿＿＿＿＿＿＿＿＿＿＿＿＿＿＿＿＿＿＿＿＿＿＿＿＿＿＿＿＿＿＿。

❹ 下線に入ることばを考えましょう。

①2日前から38度の＿＿＿＿＿＿＿があって、全身が＿＿＿＿＿＿＿です。

②下痢のときは、スポーツドリンクなどで＿＿＿＿＿＿＿をたくさんとってください。

③めまいが＿＿＿＿＿＿＿て病院へ行ったら、すぐに点滴を＿＿＿＿＿＿＿れました。

④昨日、アイロンをかけているときに手を＿＿＿＿＿＿＿してしまいました。

⑤階段から落ちて、骨が＿＿＿＿＿＿＿たかと思いましたが、

ひざを＿＿＿＿＿＿＿ただけでした。

⑥湿疹が出たので、＿＿＿＿＿＿＿止めを塗りました。

⑦インフルエンザの予防のために、病院で注射を＿＿＿＿＿＿＿てもらいました。

⑧粉薬が苦手なので、いつも＿＿＿＿＿＿＿の薬を飲みます。

⑨風邪で、＿＿＿＿＿＿＿や＿＿＿＿＿＿＿が出て辛いです。

⑩とても目が＿＿＿＿＿＿＿ので、1日に3回、目薬を＿＿＿＿＿＿＿ています。

4 聞いてみよう

CDを聞いて、（　　　　）に入ることばを入れましょう。

病気の治し方

（　　　　　　　）とき、日本では、温めた日本酒に卵と砂糖を入れて飲むと治ると
言われています。また、（　　　　　　　）ときは首にネギを巻いたり、大根を入れ
たはちみつを飲んだりするとよくなるそうです。

CD 04

ネギ　葱　　大根　蘿蔔　　はちみつ　蜂蜜

（　　　　　　　）とき、中国では、生姜と砂糖を一緒に煮て飲むと、体が温まって
（　　　　　　　）が下がると言われています。また、下痢（　　　　　　　）
のときは、とにかく（　　　　　　　）をたくさんとります。そうすると、脱水症状にな
らないし、体の中にある菌が出るそうです。でも一番は、母にツボを押してもらうことです。
すぐに治りますよ。

CD 05

生姜　生薑　　脱水症状　脱水的症狀
菌　細菌　　ツボを押す　按穴位

（　　　　　　　）がないとき、韓国では、親指の指先を針で刺して、
（　　　　　　　）を出す習慣があります。刺したところから悪い血が出てくるそうで
す。韓国では食欲がないのは、「気」が止まっているからだと考えられています。そのため、
血を出すと、その「気」が流れて食欲が出ると考えられています。

CD 06

親指　大拇指　　指先　指尖
針で刺す　扎針
気　氣　　気が流れる　氣流通

（　　　　　　　）とき、ドイツでは、よく炭酸飲料を飲みます。私はジンジャーエー
ルを飲むことが多いですが、スプーンで一杯ずつ、ゆっくり飲むとすっきりします。
ほかには、ハーブティーを飲むこともあります。ドイツのスーパーには、たくさんの種類
のハーブティーが売られていて、体調に合わせて飲む人が多いです。

CD 07

炭酸飲料　碳酸飲料　　ジンジャーエール　薑汁汽水
すっきりする　舒暢　　ハーブティー　草本茶
体調に合わせる　根據身體狀況

5 やってみよう

病院の診察のロールプレイをしてみよう！

① 会話を聞きましょう。

CD 08

医者：今日はどうしたんですか。

患者：目がかゆくて、くしゃみがよく出るんです。それから、全身がだるくて……。

医者：そうですか。いつからですか。

患者：1週間くらい前からです。

医者：そうですか。じゃ、ちょっと見せてください。

・・・・・・

医者：おそらく、花粉症でしょう。

患者：そうですか。

医者：飲み薬と目薬を出しておきますね。1日2回、食後にこの錠剤を飲んでください。
　　　目薬は1日に3回ぐらいさしてください。

患者：はい、わかりました。

医者：それから、出かけるときはマスクをしてください。外から戻って家に入る前にはよく
　　　服をはらって、手洗いとうがいをするようにしてください。

患者：はい、ありがとうございました。

医者：お大事に。

患者　病人・患者　　はらう　拍

❷ ロールプレイをしましょう。

ロールカードＡ

あなたは医者です。患者に症状といつからなのか聞いてください。
薬を処方して、気を付けることを伝えてください。診察しながら、問診票を書きましょう。

問診票　病歴（表）

問診票

患　者　名：＿＿＿＿＿＿＿＿＿＿＿＿＿＿＿＿＿＿＿＿＿＿＿＿＿＿＿＿＿

病気・症状：＿＿＿＿＿＿＿＿＿＿＿＿＿＿＿＿＿＿＿＿＿＿＿＿＿＿＿＿＿

　　　　　　＿＿＿＿＿＿＿＿＿＿＿＿＿＿＿＿＿＿＿＿＿＿＿＿＿＿＿＿＿

期　　　間：＿＿＿＿＿＿＿＿＿＿＿＿＿＿＿＿＿＿＿＿＿＿＿＿＿＿＿＿＿

治　　　療：・薬＿＿＿＿＿＿＿＿＿＿＿＿＿＿＿＿＿＿＿＿＿＿＿＿＿＿＿

　　　　　　・＿＿＿＿＿＿＿＿＿＿＿＿＿＿＿＿＿＿＿＿＿＿＿＿＿＿＿＿

　　　　　　・＿＿＿＿＿＿＿＿＿＿＿＿＿＿＿＿＿＿＿＿＿＿＿＿＿＿＿＿

　　　　　　・＿＿＿＿＿＿＿＿＿＿＿＿＿＿＿＿＿＿＿＿＿＿＿＿＿＿＿＿

ロールカードＢ

あなたは病気です／けがをしました。
病院に行って、医者に症状といつからなのか説明してください。

① 　② 　③ 　④

3 カジュアルな感じ —服選び—

1 絵を見て考えよう

どんな柄？

服のイメージは？

サイズは？

この服の特徴は？

GOAL

ほしい服のイメージ・素材・サイズなどを伝えることができる

② ことばを増やそう

別冊 ことばリスト P.8-11

❶ 服装(ふくそう)のイメージ・印象(いんしょう)

明(あか)るい　派手(はで)(な)　⇔　暗(くら)い　地味(じみ)(な)

シンプル(な)　ラフ(な)　カジュアル(な)

スポーティー(な)　かわいい　優(やさ)しい

上品(じょうひん)(な)　柔(やわ)らか(な)　さわやか(な)　落(お)ち着(つ)いた

男(おとこ)らしい　⇔　女(おんな)らしい

大人(おとな)っぽい　⇔　子(こ)どもっぽい

❷ 素材(そざい)など

軽(かる)い　薄(うす)い・薄手(うすで)　⇔　厚(あつ)い・厚手(あつで)

丈夫(じょうぶ)(な)　破(やぶ)れにくい　耐久性(たいきゅうせい)

着(き)やすい　動(うご)きやすい　歩(ある)きやすい

伸縮性(しんしゅくせい)・ストレッチ性(せい)

保温性(ほおんせい)　通気性(つうきせい)　吸水性(きゅうすいせい)

肌触(はだざわ)り　着心地(きごこち)

❸ サイズ

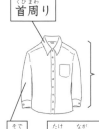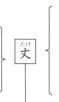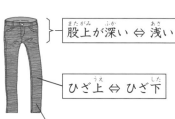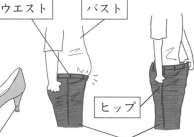

首周(くびまわ)り

丈(たけ)

股上(またがみ)が深(ふか)い　⇔　浅(あさ)い

ひざ上(うえ)　⇔　ひざ下(した)

ウエスト　バスト

ヒップ

袖(そで)

丈(たけ)が長(なが)い　⇔　短(みじか)い

すそが長(なが)い　⇔　短(みじか)い

かかと・ヒールが高(たか)い　⇔　低(ひく)い

きつい　⇔　ゆるい

❹ 柄(がら)

チェック　花柄(はながら)　水玉(みずたま)(模様(もよう))　ストライプ　ボーダー　無地(むじ)　(絵(え))が付(つ)いた

❺ 服(ふく)の種類(しゅるい)

コート　上着(うわぎ)・ジャケット　カーディガン　セーター　パーカー　トレーナー　シャツ

ブラウス　Tシャツ　ポロシャツ　カットソー　キャミソール　ワンピース　パジャマ

スポーツウェア　ジャージ　スーツ　パンツ・ズボン(短(たん)パン ⇔ 長(なが)ズボン)

ジーンズ・ジーパン　スカート(ミニスカート ⇔ ロングスカート)　タイツ　ストッキング

靴下(くつした)　ブーツ　革靴(かわぐつ)　スニーカー　パンプス　サンダル

◆ 下線に入ることばをかえてみよう

▶ ＿＿＿＿＿＿すぎる ⇔ すぎない　　派手な　地味な　カジュアルな　暗い　大人っぽい
　　　　　　　　　　　　　　　　　子どもっぽい　薄い　厚い　短い　長い　ゆるい　きつい

▶ ＿＿＿＿＿＿感じがする／印象を与える　　明るい　暗い　カジュアルな　落ち着いた　かわいい
　　　　　　　　　　　　　　　　　さわやかな　男らしい　女らしい　大人っぽい
　　　　　　　　　　　　　　　　　子どもっぽい　優しい

▶ ＿＿＿＿＿＿性　　伸縮　ストレッチ　耐久　保温　通気　吸水

▶ ＿＿＿＿＿＿がいい　　伸縮性　ストレッチ性　耐久性　保温性　通気性　吸水性　肌触り　着心地

▶ ＿＿＿＿＿＿が高い／に優れている　　伸縮性　ストレッチ性　耐久性　保温性　通気性　吸水性

▶ ＿＿＿＿＿＿め　　大きい　小さい　長い　短い　薄い　厚い　ゆるい　きつい

▶ ＿＿＿＿＿＿を調整する（伸ばす ⇔ 詰める）　　丈　そで　すそ　ウエスト

◆ ことばを言いかえてみよう

▶ シンプル（な）　⇒　飾らない　簡素（な）
▶ さわやか（な）　⇒　清潔感がある
▶ 上品（な）　⇒　落ち着いた　洗練された　清楚（な）
▶ 派手（な）　⇒　明るい　目立つ　華やか（な）　ゴージャス（な）
▶ 地味（な）　⇒　暗い　目立たない　控えめ（な）
▶ （サイズが）大きすぎる　⇒　ゆるい　⇒　ゆるゆる（だ）　ブカブカ（だ／している）
▶ （サイズが）小さすぎる　⇒　きつい　⇒　きつきつ（だ）
▶ （サイズが）ちょうどいい　⇒　ぴったり（だ／している）

◆ 店員にほしい服のイメージ・素材・サイズなどを説明してみよう

客　：すみません、試着してみてもいいですか／試着してみたいんですが……／試着させてください。
店員：はい、試着室はこちらです。どうぞ。

店員：いかがですか。
客　：少し／ちょっと／思ったより（イメージ・素材・サイズ）ような……。
　　　少しすそが短めだし、派手なような……。
客　：もう少し／もうちょっと（イメージ・素材・サイズ）ものはありますか。
　　　もう少し明るくて、薄手のものはありますか。
　　　もうちょっとかかとが低くて、歩きやすいものはありますか。
店員：はい、すぐにお持ちします。少々お待ちください。

店員：いかがですか。よくお似合いですよ。
客　：じゃあ、これをください。／これにします。／これをお願いします。
　　　うーん、ちょっと……。／やっぱり、イメージに合わないような……。／
　　　うーん、ちょっと、ほかのも見てみます。／やっぱり、今日はやめておきます。／また来ます。

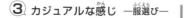

1 線で結びましょう。

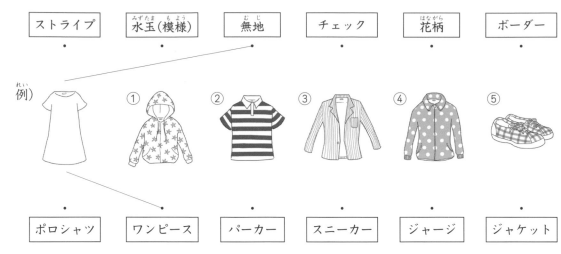

| ストライプ | 水玉(模様) | 無地 | チェック | 花柄 | ボーダー |

例) ① ② ③ ④ ⑤

| ポロシャツ | ワンピース | パーカー | スニーカー | ジャージ | ジャケット |

2 下からことばを選んで、適当な形に変えて入れましょう。

①仕事でよく歩くので、かかとが＿＿＿＿＿＿＿＿すぎない靴をはくようにしています。

②明日の研修は体を使うので、＿＿＿＿＿＿＿＿やすい服装で来てください。

③きつい服は着心地が悪いので、＿＿＿＿＿＿＿＿めの服を買うことが多いです。

④このタイツは厚くて＿＿＿＿＿＿＿＿にくいから、気に入っています。

⑤少し長かったので、ジーンズのすそを＿＿＿＿＿＿＿＿てもらいました。

> ゆるい　高い　低い　短い　動く　破れる　詰める

⑥雨の中を帰ってきたので、ズボンの＿＿＿＿＿＿＿＿が濡れてしまいました。

⑦＿＿＿＿＿＿＿＿が浅いパンツは、足の長さが長く見えるそうです。

⑧面接のときのスカート丈は、＿＿＿＿＿＿＿＿下くらいがちょうどいいです。

⑨太ってしまい、シャツの＿＿＿＿＿＿＿＿がきつくて少し苦しいです。

⑩ヒップはちょうどいいんですが、＿＿＿＿＿＿＿＿がブカブカです。

> 股上　ウエスト　ひざ　すそ　丈　かかと　首回り

3 下線に入ることばを考えましょう。

①この T シャツは_____で、何回洗濯しても破れない。

②あの高級レストランには、_____な服装では入れないそうです。

③このパジャマは毛布のように柔らかくて、_____がいいです。

④彼女はいつも_____な服を着ているので、どこにいても目立ちます。

⑤5年前は_____だったズボンが、今はきつくてはけません。

⑥このスポーツウェアは_____が高いので、汗をかいても気持ちがいいです。

⑦白いシャツは、_____があってさわやかな印象を与えます。

⑧もう 11 月ですよ。そんな_____のシャツ1枚で歩くなんて、寒くありませんか。

4 質問に答えましょう。

例) Q：普段どんな服装をしますか。

A：____白いシャツにジーンズのようなカジュアルな____服装をすることが多いです。

　　　　　| 服の種類 |　　| イメージ・印象・素材など |

① Q：普段どんな服装をしますか。

A：_____服装をすることが多いです。

② Q：デートのときはどんな服装をしますか。

A：_____服装をよくします。

③ Q：仕事のときはどんな服装をしますか。

A：_____服装をすることが多いです。

④ Q：スポーツをするときはどんな服装をしますか。

A：_____服装をします。

4 聞いてみよう

CD を聞いて、（　　　　　）に入ることばを入れましょう。

最近買った服

私は先月、就職活動のために（　　　　　　　　　）を買いました。

店員に聞いたら、スーツは黒や濃いグレーなどの（　　　　　　　　）色で、

ネクタイは（　　　　　　　　）色がいいと言っていました。それから、何回も着るので、

（　　　　　　　　）が高いものがいいとアドバイスをもらいました。

試着してみると、ズボンの（　　　　　　　　）が少し長かったので（　　　　　　）

もらいました。このスーツで就職活動をがんばりたいと思います。

CD 09

就職活動　求職活動　濃いグレー　深灰色
ネクタイ　領帯

私は先月、友だちの結婚式に参加するために（　　　　　　　　）を買いました。

店員に聞いたら、結婚式のときは、（　　　　　　　）で（　　　　　　　　）なワンピー

スを着る人が多いと言っていました。でも、白いドレスはウェディングドレスの色と重なるので、

着てはいけないそうです。店員は、（　　　　　　　　）のワンピースをすすめてくれました。

試着してみると、かわいいし（　　　　　　　）もよくて、サイズも（　　　　　　　　）

ので、それを買いました。友だちの花嫁姿を見るのが楽しみです。

CD 10

花嫁　新娘　重なる　重複　すすめる　推薦
花嫁姿　穿上婚紗的様子

「TPOに合った服選び」

TPO とは Time（時間）、Place（場所）、Occasion（場合）のことです。
みなさんは TPO に合った服選びをしていますか。下の服装はどこがよくないのでしょうか。
話し合ってみましょう。

結婚式

山登り

店員と客になってロールプレイをしてみよう！

① 会話を聞きましょう。

CD 11

3

店員：いらっしゃいませ。何かお探しですか。

客　：はい。来週、お世話になった先生の誕生日のパーティーがあるので、そこで着る
　　　服を探しているんですが……。

店員：そうですか。では、こちらのワンピースはいかがですか。シンプルで落ち着いた感じ
　　　がしていいと思いますよ。

客　：ああ、いいですね。じゃ、試着してみてもいいですか。

店員：はい、試着室はこちらです。どうぞ。

・・・・・・

店員：いかがですか。

客　：うーん、思ったより子どもっぽくて、すそが短すぎるような……。もう少し大人っぽ
　　　くて、すそが長めのものはありますか。

店員：はい、すぐにお持ちします。少々お待ちください。

・・・・・・

店員：いかがですか。よくお似合いですよ。

客　：そうですね……。やっぱり、イメージに合わないような……。
　　　すみません、ちょっと、ほかのも見てみます。

店員：はい、ありがとうございました。

② ロールプレイをしましょう。

ロールカードＡ

あなたは、服を買いに来た客です。
店員にどんな場面で着る服を探しているかを伝えて、店員が持ってきた服を試着してください。気に入らなかったら、どこが気に入らないのか言って、希望する服を持ってきてもらってください。全部気に入らなかったら、断って店を出ましょう。

| ①初めてのデート | ②富士山に登る | ③アルバイトの面接 | ④？ |

ロールカードＢ

あなたは、服売り場の店員です。
お客様の希望に合った服を選んで、すすめましょう。
お客様に感想を聞いてください。

4 発想力が豊か ―性格―

1 絵を見て考えよう

あなたはどんな人？

クラスメイトは？
家族は？
友だちは？

あなたはみんなに
どう思われている？

どんな人と一緒に
仕事をしたい？

4

GOAL

自分やほかの人の性格について言うことができる

2 ことばを増やそう

別冊 ことばリスト
P.12-14

<性格を表すことば>

明るい
楽観的(な)
プラス思考
ポジティブ(な)
積極的(な)
社交的(な)
目立ちたがり屋

暗い
悲観的(な)
マイナス思考
ネガティブ(な)
消極的(な)
内向的(な)
恥ずかしがり屋
優柔不断(な)

優しい
温かい
心が広い
親切(な)
正直(な)

厳しい
冷たい
心が狭い
意地悪(な)
ひねくれている

面倒見がいい
協調性がある

面倒見が悪い
自己中心的(な)

がんばり屋
努力家

面倒くさがり屋
なまけもの

真面目(な)
几帳面(な)
落ち着きがある
冷静(な)
大人っぽい

不真面目(な)
おおざっぱ(な)
落ち着きがない

子どもっぽい

のんびりしている

せっかち(な)
短気(な)

八方美人

リーダーシップがある
忍耐強い　我慢強い　粘り強い
向上心がある
行動力がある
責任感がある
自主性がある
しっかりしている
計画的(な)
視野が広い

独創的(な)　個性的(な)
好奇心旺盛(な)
ユーモアがある　面白い
発想力が豊か(な)
ロマンチスト(な)

◆ 意味が似ていることばをまとめて、増やそう

- ▶ 優しい ⇒ 温かい　心が広い　親切(な)　思いやりがある
- ▶ 楽観的(な) ⇒ プラス思考　ポジティブ(な)　前向き(な)
- ▶ 落ち着きがある ⇒ 冷静(な)　落ち着いている
- ▶ 心が狭い ⇒ ひねくれている　意地悪(な)　頑固(な)
- ▶ 悲観的(な) ⇒ マイナス思考　ネガティブ(な)　心配性
- ▶ 消極的(な) ⇒ 内向的(な)　恥ずかしがり屋　おとなしい　人見知り　照れ屋
- ▶ 短気(な) ⇒ せっかち(な)　気が短い　怒りっぽい
- ▶ 自己中心的(な) ⇒ 自分勝手(な)　わがまま(な)　マイペース(な)
- ▶ おおざっぱ(な) ⇒ だらしない　ルーズ(な)
- ▶ 面倒くさがり屋 ⇒ なまけもの　飽きっぽい
- ▶ 正直(な) ⇒ 素直(な)　裏表がない　誠実(な)

◆ 下線に入ることばをかえてみよう

- ▶ ＿＿＿的(な)　　楽観⇔悲観　積極⇔消極　社交⇔内向　自己中心　計画　独創　個性
- ▶ ＿＿＿っぽい　　子ども⇔大人　怒り　飽き
- ▶ ＿＿＿屋　　　　目立ちたがり　恥ずかしがり　照れ　がんばり　面倒くさがり
- ▶ ＿＿＿がある　　協調性　思いやり　リーダーシップ　向上心　行動力　責任感
　　　　　　　　　自主性　ユーモア

◆ 性格について話してみよう

Q：あなたは自分の性格についてどう思いますか。

A：私は(性格)と思います。
　　私は面倒見がいいと思います。

A：私は(性格)ほうです。
　　私はロマンチストなほうだと思います。

A：私は(人)から(いい性格)と言われます。
　　私は友だちから明るくて正直だとよく言われます。

A：私は(悪い性格)ところがあります。
　　私は少し飽きっぽいところがあると思います。

☆あなたのクラスメイト・友だち・家族の性格についても話してみよう！

「短所も長所になる！」

性格には、長所と短所があります。自分は短所だと思っていることも、考え方や言い方を変えると、長所にもなります。例えば、面接では、自分の良さを伝えることが大事です。
「自己中心的(な)」→「マイペース(な)」などのように、表現を工夫して上手に自己PRをしましょう！

工夫する　下功夫　自己PR　自薦・自我推薦

3 練習してみよう

❶ ペアになることばを選びましょう。

例）明るい ・　　　　　　　・ おおざっぱ（な）

① 積極的（な）　・　　　　　　・ 心が狭い

② ポジティブ（な）　・　　　　・ 悲観的（な）

③ 協調性がある　・　　　　　　・ 暗い

④ 心が広い　・　　　　　　　　・ 冷たい

⑤ 几帳面（な）　・　　　　　　・ ネガティブ（な）

⑥ 温かい　・　　　　　　　　　・ 消極的（な）

⑦ 楽観的（な）　・　　　　　　・ 自己中心的（な）

❷ 下からことばを選んで、適当な形に変えて入れましょう。

それぞれのことばは1回しか使えません。

①母はみんなに優しくて＿＿＿＿＿＿＿がある人です。

②リーさんは友だちがたくさんいて＿＿＿＿＿＿＿的です。

③自分のことしか考えられない＿＿＿＿＿＿＿的な人とは付き合いたくないです。

④兄は＿＿＿＿＿＿＿があって、いつもみんなを笑わせてくれます。

⑤私はいつも考えすぎてしまうので、「もっと＿＿＿＿＿＿＿的に考えたら？」とよく言われます。

⑥彼は仕事をしながら、資格の勉強も続けていて、＿＿＿＿＿＿＿がある人です。

| 社交 | 向上心 | 思いやり | 自己中心 | 楽観 | ユーモア |

⑦彼は落ち着きがなくて少し＿＿＿＿＿＿＿っぽいところがあります。

⑧ルームメイトは＿＿＿＿＿＿＿屋で、部屋を全然掃除してくれません。

⑨彼は＿＿＿＿＿＿＿屋で、子どものころから人前で歌ったりするのが好きでした。

⑩彼女は本当に＿＿＿＿＿＿＿っぽくて、ダイエットも習い事も3日も続けられません。

| 飽きる | 面倒くさがる | 子ども | 目立ちたがる |

❸ 下線に入ることばを考えましょう。

①彼はどんなときも冷静で、＿＿＿＿＿＿＿＿ています。

②彼女は「何もかもうまくいかない」といった＿＿＿＿＿＿＿思考の人です。

③あの先輩は、後輩の失敗も笑って許せる心が＿＿＿＿＿＿＿人です。

④子どものとき、本当は好きなのに嫌いと言ってしまう＿＿＿＿＿＿＿ている子でした。

⑤私は＿＿＿＿＿＿＿で、レストランに行ったときも、なかなか注文が決められません。

⑥ナムさんはいつも遅刻して、時間に＿＿＿＿＿＿＿人です。

⑦兄は気が＿＿＿＿＿＿＿て、いつも友だちとけんかして帰ってきます。

⑧あの社長は＿＿＿＿＿＿＿で、あっちにもこっちにもいい顔をしてイメージが悪いです。

❹ 質問に答えましょう。

例) Q：デザイナーに向いている人はどんな人だと思いますか。

A：＿＿＿＿＿発想力が豊かで好奇心旺盛な＿＿＿＿＿人が向いていると思います。

＿＿＿＿＿飽きっぽくて優柔不断な＿＿＿＿＿人は向いていないと思います。

① Q：どんな人が教師に向いていると思いますか。

A：＿＿＿＿＿＿＿＿＿＿＿＿＿＿＿＿＿＿＿人が向いていると思います。

＿＿＿＿＿＿＿＿＿＿＿＿＿＿＿＿＿＿＿人は向いていないと思います。

② Q：リーダーに向いている人はどんな人だと思いますか。

A：＿＿＿＿＿＿＿＿＿＿＿＿＿＿＿＿＿＿＿人が向いていると思います。

＿＿＿＿＿＿＿＿＿＿＿＿＿＿＿＿＿＿＿人は向いていないと思います。

③ Q：一緒に仕事をしたいと思う人はどんな人ですか。

A：＿＿＿＿＿＿＿＿＿＿＿＿＿＿＿＿＿＿＿人と仕事をしたいです。

＿＿＿＿＿＿＿＿＿＿＿＿＿＿＿＿＿＿＿人とは仕事をしたくないです。

4 聞いてみよう

CDを聞いて、（　　　）に入ることばを入れましょう。

クラスメイトの長所

CD 12

　キムさんはとても（　　　　　　　）だと思います。誰かが困っていたらいつも助けてあげる、とても心が（　　　　　　　）人です。この前私が風邪をひいたときも、薬を持ってきてくれたり、ずっと看病をしてくれたりしました。「助け合いの心が大事だから」と言って、欠席した授業のノートも貸してくれて、感動しました。私もキムさんを見習って、（　　　　　　　）優しい人になりたいです。

看病する　探望・探病　　助け合い　互相帮助
見習う　學習・以…為榜樣

自分の長所・短所

CD 13

　私は人からよく（　　　　　　）て（　　　　　　）人だと言われます。確かに、友だちや家族、いろいろな人に相談されることが多いですが、頼りにされることはうれしいです。友だちが（　　　　　　）になっていたら、冗談を言ってたくさん笑わせてあげたいと思います。友だちの元気な顔を見ると、私もうれしくなります。

確かに　確實　　頼りにする　信賴・依靠　　冗談　玩笑

CD 14

　私は（　　　　　　）で（　　　　　　）なところがあります。あまり親しくない人とは上手に話すことができません。先週も友だちの誕生日パーティーで、知らない人にたくさん会いましたが、何を話したらいいか全然わかりませんでした。大学ではもっと（　　　　　　）になって、自分から（　　　　　　）に話しかけて友だちをたくさん作りたいと思っています。

CD 15

　私は（　　　　　　）なところがあります。サークルのイベントやアルバイトの準備や片づけのときなどに、本当に全部できているか心配になり、何度も確認してしまいます。でも、そのおかげでミスをすることもなく、周りの人からは「（　　　　　　）て（　　　　　　）しているね」と頼りにされていました。就職してからも、確認をきちんとして、ミスのないようにしたいです。

サークル　大學社團　　イベント　活動　　ミスをする　出錯・犯錯　　就職する　就職・找工作
きちんと　好好地・扎實地

5 やってみよう

1 インタビューの例を見ましょう。

郭さんとグエンさんは、自分の性格についてインタビューをしました。

郭さんのインタビューシート

名前	性格	理由	具体例
荒井さん	思いやりがある しっかりしている	積極的に人のために働く	介護施設でボランティアをしている

グエンさんのインタビューシート

名前	性格	理由	具体例
ニンさん	自主性がある 努力家	将来の夢のために努力している	将来働きたい会社でインターンシップをしている

2 自分の性格について、友だちにインタビューをしましょう。

名前	性格	理由	具体例

❸ 発表を聞きましょう。

郭さん

　私は自分のことをのんびりしているほうだと思っていました。周りの人にも、ときどき「マイペースな人だね」と言われます。

　でも、荒井さんに私の性格について聞いたところ、思いやりがあってしっかりしていると言われました。私は介護施設でボランティアをしているのですが、荒井さんは「積極的に人のために働いていて、尊敬する」と言ってくれました。

　これからも人に対して誠実に接していきたいと思います。

介護施設　看護設施　ボランティア　志工
尊敬する　尊敬　接する　接觸

グエンさん

　私は自分のことをなまけものだと思っていました。計画的に物事を進めるのが苦手で、宿題も締め切りの1日前にやり始めることが多いです。

　でも、みんなの意見を聞いたら、自主性があって努力家だと言われました。少しびっくりしましたが、それは、私が将来働きたい会社でインターンシップをしているからだそうです。みんなにそう言ってもらえて自信がつきました。

　これからも、自分のやりたいことに向かって、がんばっていきたいと思います。

物事を進める　推動(事物)進展　締め切り　截止日
インターンシップ　企業實習　自信がつく　獲得自信・有自信

❹ 自分の性格についてまとめて、発表しましょう。

5 2LDK の高層マンション —家探し—

5

1 絵を見て考えよう

どんな家に住みたい？
家を選ぶときに何が一番大切？

契約するときに何を払う？
どんな書類がいる？

どこにある？
部屋はいくつある？ 家賃はいくら？

10000

イーストガーデンマンション
1LDK 即入居可！

ベランダ　和4.5　収　LDK 洋8　玄　浴　WC

立地　東駅徒歩 15 分
賃貸費用
　家賃　7万円（共益費・管理費込み）
　敷金　14万円
　礼金　7万円
築年数　築 10 年
設備など
　バス・トイレ別　ベランダ付き
　南向き

GOAL

① どんな家に住みたいか説明することができる
② 物件広告を読んで、内容を理解することができる

2 ことばを増やそう

別冊 ことばリスト P.15-17

① 物件探し

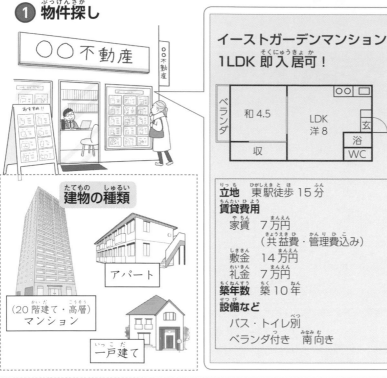

イーストガーデンマンション
1LDK 即入居可！

和 4.5
ベランダ
収
LDK 洋 8
玄
浴
WC

立地　東駅徒歩 15 分
賃貸費用
家賃　7 万円
（共益費・管理費込み）
敷金　14 万円
礼金　7 万円
築年数　築 10 年
設備など
バス・トイレ別
ベランダ付き　南向き

建物の種類

アパート

（20 階建て・高層）
マンション

一戸建て

入居時期

即入居可
退去待ち（3 月退去予定）

立地

山手線沿線　渋谷駅周辺
最寄り駅・渋谷駅から徒歩 5 分

賃貸費用

家賃　共益費　管理費

築年数

築 10 年　新築

設備など

オートロック
家具・家電付き　エアコン付き
バス・トイレ別⇔ユニットバス
ベランダ付き　バルコニー付き
庭付き　駐車場あり
南向き（日当たりがいい）
ペット可

間取り

K
玄
WC
CL
洋 8
浴

浴
WC
玄
収
DK 洋 6
洋 4.5
和 4.5

ベランダ
UB
収
洋 6
玄

ワンルーム

1K
（1 部屋＋キッチン）

2DK
（2 部屋＋ダイニングキッチン）

② 契約の流れ

内覧する → 申し込む → 入居審査を受ける → 契約する → 入居する → 契約を更新する／退去する

初期費用：敷金　礼金　仲介手数料　前家賃　火災保険料　鍵の交換費　など
書　類：住民票　所得証明書　保証人承諾書　印鑑証明書　など

◆ 下線に入ることばをかえてみよう

▶ _____を探す	家　部屋　物件
▶ _____がいい	日当たり　立地　設備　間取り
▶ _____する	内覧　契約　入居　更新　退去
▶ _____をとる	住民票　所得証明書　保証人承諾書　印鑑証明書
▶ _____を払う	家賃　共益費　管理費　敷金　礼金

◆ ことばを言いかえてみよう

▶ 〜がある／付いている　⇒　〜付き（家具・家電付き　ベランダ付き）
▶ 歩いて　⇒　徒歩（駅から徒歩 10 分）
▶ 一番近い　⇒　最寄り（最寄り駅　最寄りのバス停）
▶ 〜が含まれている　⇒　〜込み（家賃 12 万円管理費込み）
▶ 〜できる　⇒　〜可（ペット可　即入居可）
▶ 〜が要らない　⇒　〜不要（保証人不要　敷金礼金不要）

5

◆ 間取り図の記号

▶ L（living）：リビング・居間
▶ K（kitchen）：キッチン・台所
▶ DK（dining kitchen）：ダイニングキッチン
▶ LDK：リビングダイニングキッチン
▶ UB（unit bath）：ユニットバス
▶ WC（water closet）：トイレ
▶ CL（closet）：クローゼット

▶ 収：収納
▶ 玄：玄関
▶ 浴：浴室
▶ 和6：和室6帖
▶ 洋8：洋室8帖

◆ 探している物件の条件を言ってみよう

Q：どんな物件を探していますか。
A：(立地)で、(間取り)の物件を探しています。
　　東西線沿線で、2LDK の物件を探しています。
A：(条件)のところを希望しています。
　　ベランダ付きで、南向きのところを希望しています。
A：できれば、(条件)がいいです。
　　できれば、バス・トイレ別でオートロックがいいです。
A：(条件)ても／でもいいです。
　　ワンルームでもいいから、駅から徒歩5分以内のところを希望しています。
　　シャワーしか使わないから、ユニットバスでもいいです。
　　家具はもうあるから、家具付きじゃなくてもいいです。

3 練習してみよう

1 下線に入ることばを考えましょう。

①この10階建てのマンションは、南向きなので＿＿＿＿＿＿がいいです。

②山手線＿＿＿＿＿で、＿＿＿＿＿15年以内の物件を探しています。

③2DKは、2つの部屋と＿＿＿＿＿1つという間取りです。

④このアパートは、家賃だけでなく＿＿＿＿＿と＿＿＿＿＿も毎月払わなければいけません。

⑤明日、区役所に住民票を＿＿＿＿＿に行きます。

⑥契約は来年の3月までですが、契約を＿＿＿＿＿て、あと1年住むつもりです。

2 ほかのことばに言いかえましょう。

①エアコンが付いている物件を探しています。

⇒＿＿＿＿＿＿＿＿＿＿＿＿＿＿＿＿＿。

②うちから一番近いバス停まで、歩いて3分です。

⇒＿＿＿＿＿＿＿＿＿＿＿＿＿＿＿＿＿。

③このマンションはすぐに入居できます。

⇒＿＿＿＿＿＿＿＿＿＿＿＿＿＿＿＿＿。

④この物件は敷金・礼金が要りません。

⇒＿＿＿＿＿＿＿＿＿＿＿＿＿＿＿＿＿。

3 質問に答えましょう。

① Q：どんな物件を探していますか。

A：＿＿＿＿＿＿＿＿＿＿＿＿＿＿＿物件を探しています。

② Q：家賃はいくらぐらいを希望していますか。

A：＿＿＿＿＿＿込みで、＿＿＿＿＿円ぐらいを希望しています。

③ Q：ほかに条件がありますか。

A：できれば、＿＿＿＿＿＿＿＿＿＿＿がいいです。

＿＿＿＿＿＿＿＿＿＿＿＿＿＿＿＿ても／でもいいです。

4 3人に合う物件を探して、（　）に書きましょう。

Ⓐ
グランシャトー 203 号室
1LDK

立地	東山駅徒歩5分
賃貸費用	家賃 7.5 万円
	敷金 7.5 万円
	礼金　なし
築年数	3年
設備など	
オートロック	
家具・家電付き	
バス・トイレ別　南西向き	

浴
WC
洋 4.5
LDK
洋 8
玄

Ⓑ
パークハイツ 305 号室
1K

立地	南川駅徒歩20分
賃貸費用	家賃 6万円
	敷金 9万円
	礼金　なし
築年数	12年
設備など	
ユニットバス　オートロック	
ペット可　東向き	

洋 6
K
玄
UB

Ⓒ
ヴィラセンチュリー 402 号室
1DK

立地	西林駅徒歩5分
賃貸費用	家賃　6.3 万円
	敷金 12.6 万円
	礼金　6.3 万円
築年数	2年
設備など	
エアコン付き	
バルコニー付き	
ユニットバス　ペット可	
南向き	

玄
DK
洋 4.5
UB
洋 6
収
バルコニー

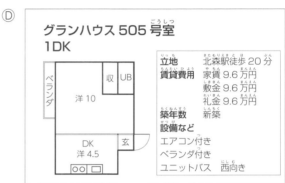

Ⓓ
グランハウス 505 号室
1DK

立地	北森駅徒歩20分
賃貸費用	家賃 9.6 万円
	敷金 9.6 万円
	礼金 9.6 万円
築年数	新築
設備など	
エアコン付き	
ベランダ付き	
ユニットバス　西向き	

ベランダ
収
UB
洋 10
DK
洋 4.5
玄

5

猫好きのターナーさん
家賃はなるべく安いところがいいです。
猫と一緒に住めるところを希望しています。
できれば、オートロックがいいです。

（　）

ガーデニング好きのホアンさん
日当たりがいいところを希望しています。
ベランダかバルコニーがあるところがいいです。
できれば、駅から歩いて 15 分以内がいいです。

（　）

お風呂好きのエリーさん
駅から近くて、新しいところを希望しています。
お風呂が好きなので、バス・トイレ別のところがいいです。
できれば、冷蔵庫や洗濯機のついているところがいいです。

（　）

4 聞いてみよう

CD を聞いて、（　　　　　　　）に入ることばを入れましょう。

将来住みたい家

私は将来、（　　　　　　　　）付きの（　　　　　　　　　）に住みたいです。
子どもと一緒に料理がしたいので、広い（　　　　　　　　）がある家が理想です。
できれば、（　　　　　　　　）も広いほうがいいです。休日は友だちを呼んでパーティー
をしたりしたいです。いつかこんな家に住んで、家族とゆっくり暮らすのが私の夢です。

CD 18

休日　放假日

私は将来、（　　　　　　　　）のマンションに住みたいです。都心に近い
（　　　　　　　　）マンションがいいです。毎晩きれいな夜景を見たいです。
できれば、（　　　　　　　　）で最上階がいいです。服をたくさん持っているので、
大きい（　　　　　　　　）があるところが理想です。（　　　　　　　　）はとても高い
かもしれませんが、ファッションデザイナーになってこんなところに住むのが夢です。

CD 19

都心　市中心・（東京）市中心　　夜景　夜景
最上階　頂樓　　ファッションデザイナー　時裝設計師

契約手続きの流れ

＜不動産屋で＞

契約手続きの流れをご説明します。（　　　　　　　　）の後、気に入っていただけたら、
まず申し込みをお願いします。その後、（　　　　　　　　）審査を受けていただき、審査が終
わったら、契約の手続きに入ります。契約には、契約書などの書類と初期（　　　　　　　　）
の支払いが必要です。初期費用は、家賃（　　　　　　　　）か月分の敷金、家賃１か月
分の（　　　　　　　　）、前家賃、鍵の交換代です。それから、仲介（　　　　　　　　）
として３万円かかります。手続きがすべて終わったら、（　　　　　　　　）をお渡しします。

CD 20

手続き　手續　　気に入る　喜歡　　支払い　支付

「物件探し」のロールプレイをしてみよう！

1 会話を聞きましょう。

CD 21

美紀：玲子はどんなところがいい？

玲子：私はマンションの2階以上がいいなあ。1階は外から部屋が見えちゃうから。

美紀：そうだね。どろぼうも入りやすいし、心配だよね。

　　　あと、ユニットバスは嫌だなあ。

玲子：うん、うん。間取りはどう？

美紀：うーん……、私は、できれば自分の部屋もほしいから、2LDKか2DKのところがいいなあ。

玲子：そう？　私は別になくてもいいけど……。それに、ちょっと高くなるし……。

　　　できれば、管理費・共益費込みで7万円ぐらいがよくない？

美紀：うーん。7万円だと、ちょっと難しいかも……。私はもう少し高くても大丈夫だよ。

玲子：うーん、あ！　ここはどう？　ちょっと駅から遠いし、古そうだけど……。

　　　これぐらいの家賃なら払えるよね。

美紀：いいね。20分でも自転車があれば問題ないよ。ここなら玲子も私も、自分の部屋が作れるし、よさそうだね。

玲子：じゃあ、不動産屋に連絡して、内覧をお願いしてみようか。

> **セブンハイツ　2DK**
> ●最寄駅から徒歩20分
> ●築15年
> ●マンション2階
> ●家賃6万円
> ●バス・トイレ別

2 ロールプレイをしましょう。

> ### ロールカード
>
> あなたは友だちとルームシェアをするつもりです。
>
> どんなところに住みたいか、2人で話し合って条件を決めて、
>
> 理想の間取りを書いてみましょう。

住みたい物件の条件

立　地 ：＿＿＿＿＿＿＿＿＿＿＿＿＿＿＿＿＿＿＿＿＿＿＿＿＿＿

家　賃 ：＿＿＿＿＿＿＿＿＿＿円以下（共益費・管理費込み）

築年数 ：＿＿＿＿＿＿＿＿＿＿年以内

設備など ： ・＿＿＿＿＿＿＿＿＿＿＿＿＿＿＿＿＿＿＿＿＿＿＿＿

　　　　　　・＿＿＿＿＿＿＿＿＿＿＿＿＿＿＿＿＿＿＿＿＿＿＿＿

　　　　　　・＿＿＿＿＿＿＿＿＿＿＿＿＿＿＿＿＿＿＿＿＿＿＿＿

　　　　　　・＿＿＿＿＿＿＿＿＿＿＿＿＿＿＿＿＿＿＿＿＿＿＿＿

間取り

6 価値観が合う人 —結婚—

1 絵を見て考えよう

どんな人と結婚したい？

結婚してください

何をしている？

GOAL

結婚相手の条件と、その理由を言うことができる

2 ことばを増やそう

① 結婚相手の条件

性格は… ☞ P.38-39

優しい⇔冷たい　明るい⇔暗い

おとなしい⇔うるさい

真面目(な)⇔不真面目(な)

誠実(な)⇔不誠実(な)

おおらか(な)⇔神経質(な)

気が長い⇔気が短い

気が利く　面倒見がいい

思いやりがある⇔わがまま(な)

包容力がある　頼りがいがある

嘘をつかない　束縛しない

気前がいい⇔お金に細かい

相性は…

相性がいい・合う

価値観が合う

好み・趣味が合う

共通の趣味がある

見た目・外見は…

顔・見た目・外見がいい

スタイルがいい⇔ぽっちゃりしている

身長・背が高い

ハンサム(な)　美人(な)　かわいい

経済力は…

経済力・お金がある

(お)金持ち⇔貧乏(な)

年収○万円以上⇔年収○万円以下

そのほかは…

料理が上手(な)⇔料理が下手(な)

尊敬できる

一緒にいて楽(な)⇔一緒にいると疲れる

親を大切にしてくれる　子ども好き

浮気をしない　年上⇔年下

② プロポーズから結婚まで

①恋愛する　　　⇔　　　お見合いする

　⇒恋愛結婚　　　　　⇒お見合い結婚

②プロポーズする

　⇒プロポーズを受ける　⇔　プロポーズを断る

③婚約する

④結婚する・夫婦になる(夫⇔妻)(未婚⇒既婚)

　⇒婚姻届を出す／籍を入れる(＝入籍する)

　⇒結婚式を挙げる(＝挙式する)　　⇒披露宴をする／行う

結婚してください

| 神前式 | | 教会式 |

新郎・花婿

新婦・花嫁

| 紋付袴 | 白無垢 | タキシード | ウェディングドレス |

寿

(ご)祝儀袋

引き出物

- - - - - - - - - -

離婚する・別れる

　⇒離婚届を出す／籍を抜く　━━━▶　再婚する

◆ 下線に入ることばをかえてみよう

▶ _____がいい	顔　見た目　外見　スタイル　相性
▶ _____がある	思いやり　包容力　頼りがい　共通の趣味　お金　経済力
▶ _____が合う	相性　価値観　好み　趣味

◆ ことばを言いかえてみよう

▶ 相性がいい ⇒ 気が合う　うまが合う

▶ 気が短い ⇒ 短気(な)　怒りっぽい

▶ 気が利く ⇒ 気配りができる　心配りができる

▶ わがまま(な) ⇒ 自分勝手(な)　自己中心的(な)

▶ 包容力がある ⇒ 心が広い　寛容(な)

▶ 頼りがいがある ⇒ ぐいぐい引っ張ってくれる　リードしてくれる

▶ お金に細かい ⇒ お金にうるさい　けち(な)

◆ 結婚相手の条件を言ってみよう

Q：どんな人と結婚したいですか／一緒になりたいですか。

A：(いい条件)て／で、(いい条件)人と結婚したいです／一緒になりたいです。
　　優しくて、包容力がある人と結婚したいです。

A：(悪い条件)ても／でも、(いい条件)人と結婚したいです／一緒になりたいです。
　　見た目が悪くても、思いやりがある人と一緒になりたいです。

A：(いい条件)ても／でも、(悪い条件)人とは結婚したくないです／一緒になりたくないです。
　　経済力があっても、浮気をする人とは結婚したくないです。

「どんな夫婦になりたい？」

あなたは結婚したら、どんな夫婦になりたいですか。

● 両親のような仲がいい夫婦　　● 友だちのような夫婦

● 恋人のような夫婦 ⇒ ラブラブな夫婦　● お互いが自然体でいられる夫婦

● 何でも許し合える夫婦　　● お互いに支え合える夫婦

● 何でも言い合える夫婦 ⇒ 何でも相談し合える夫婦　隠し事をしない夫婦

● お互いに束縛しない夫婦 ⇒ お互いに干渉しない夫婦

| 仲がいい 關係好・恩愛　　ラブラブな 恩愛・親密　　　お互い 互相　　自然体 本色 |
| 許し合う 互相包容　支え合う 互相支持　　言い合う 談得來 |
| 相談し合う 彼此商量　　隠し事 隱瞞　干渉する 干渉 |

3 練習してみよう

1 ペアになることばを選びましょう。

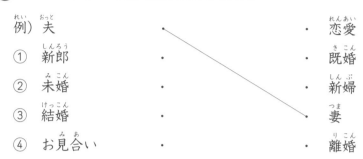

例）夫　　　　　　　・　　　　　　　・恋愛

① 新郎　　　　　　・　　　　　　　・既婚

② 未婚　　　　　　・　　　　　　　・新婦

③ 結婚　　　　　　・　　　　　　　・妻

④ お見合い　　　　・　　　　　　　・離婚

2 下からことばを選んで、適当な形に変えて入れましょう。
同じことばを何回使ってもいいです。

①昨日、彼からプロポーズ＿＿＿＿＿＿＿＿。

　付き合ってまだ3か月なので、プロポーズを＿＿＿＿＿＿＿＿かどうか迷っています。

②3年間付き合っていた恋人と結婚することになりました。

　結婚式は教会で＿＿＿＿＿＿＿＿て、披露宴はホテルで行う予定です。

　結婚式の日の朝に、籍も＿＿＿＿＿＿＿＿つもりです。

③妻が浮気していることがわかりました。

　いろいろ話し合った結果、先日離婚届を＿＿＿＿＿＿＿＿て、

　籍を＿＿＿＿＿＿＿＿ました。

| 出す | 入れる | 抜く | 受ける | する | 挙げる |

❸ ほかのことばに言いかえましょう。

①彼とはけんかもするけど、気が合うんです。

　　⇒＿＿＿＿＿＿＿＿＿＿＿＿＿＿＿＿＿＿＿＿＿＿＿＿＿＿＿＿＿＿＿＿＿＿＿。

②彼は頼りがいがある人です。

　　⇒＿＿＿＿＿＿＿＿＿＿＿＿＿＿＿＿＿＿＿＿＿＿＿＿＿＿＿＿＿＿＿＿＿＿＿。

③彼女は気が利く人です。

　　⇒＿＿＿＿＿＿＿＿＿＿＿＿＿＿＿＿＿＿＿＿＿＿＿＿＿＿＿＿＿＿＿＿＿＿＿。

④彼女の夫はお金に細かい人だそうです。

　　⇒＿＿＿＿＿＿＿＿＿＿＿＿＿＿＿＿＿＿＿＿＿＿＿＿＿＿＿＿＿＿＿＿＿＿＿。

⑤私は包容力がある人と結婚したいです。

　　⇒＿＿＿＿＿＿＿＿＿＿＿＿＿＿＿＿＿＿＿＿＿＿＿＿＿＿＿＿＿＿＿＿＿＿＿。

⑥気が短い人は苦手です。

　　⇒＿＿＿＿＿＿＿＿＿＿＿＿＿＿＿＿＿＿＿＿＿＿＿＿＿＿＿＿＿＿＿＿＿＿＿。

⑦彼女はとてもわがままです。

　　⇒＿＿＿＿＿＿＿＿＿＿＿＿＿＿＿＿＿＿＿＿＿＿＿＿＿＿＿＿＿＿＿＿＿＿＿。

❹ 下線に入ることばを考えましょう。

①私は＿＿＿＿＿＿＿＿＿＿＿＿＿＿＿＿＿＿＿＿＿＿＿＿＿＿がある人がいいです。

②私は＿＿＿＿＿＿＿＿＿＿＿＿＿＿＿＿＿＿＿＿が合う人と結婚したいです。

③私は＿＿＿＿＿＿＿＿＿＿＿＿＿＿＿＿＿＿＿＿人とは結婚したくないです。

④私は＿＿＿＿＿＿＿＿ても／でも、＿＿＿＿＿＿＿＿人と一緒になりたいです。

⑤私は＿＿＿＿＿＿＿＿ても／でも、＿＿＿＿＿＿＿＿人とは結婚できません。

4 聞いてみよう

CD を聞いて、（　　　）に入ることばを入れましょう。

結婚相手

私は、（　　　　　　　）で、食べ物の（　　　　　　　　）人と結婚したいです。
一緒に食べ歩きなどができたら、生活が楽しくなりますよね。ただ、（　　　　　　）
人だけは嫌です。嘘をつかれると、信用できなくなってしまいます。

結婚したら、何でも（　　　　　　　）夫婦になりたいです。

CD 22

食べ歩き　邊走邊吃　　信用する　信賴・信任

私は、周りに（　　　　　　　）ができて、（　　　　　　　）してくれる人
と一緒になりたいです。親と一緒に住むことになっても、仲良くしてくれたら、うれしいで
すよね。ただ、（　　　　　　　）人だけは嫌です。いろいろうるさく言われると、信用
されていないんじゃないかと思ってしまいます。

結婚したら、（　　　　　　　）仲のいい夫婦になりたいです。

CD 23

周り　身邊・周圍

結婚式いろいろ

日本では役所に（　　　　　　　）を出すとき、新郎・新婦の２人だけでするの
が一般的だそうです。ドイツでは役所にゲストを呼んで、みんなの前で新郎・新婦が婚姻届
にサインをするのが一般的です。

それから、日本では結婚式に来てくれた人たちにお礼に（　　　　　　）を渡すそう
ですが、ドイツではあとで「ダンケカード」というお礼のカードを送ります。

CD 24

役所　政府機關　　一般的　普遍
お礼に渡す　送禮

最近日本では（　　　　　　　）をする人がほとんどだそうですが、インドでは
親が決めた相手と（　　　　　　　）をする人がとても多いです。私の両親もそうです。

それから、日本では神社で結婚式を（　　　　　　）場合、新婦は「白無垢」という
真っ白い着物を着るそうですが、インドでは「サリー」という民族衣装を着る人が多いです。

CD 25

ほとんど　幾乎全部　　真っ白い　全白　　民族衣装　民族服裝

5 やってみよう

「結婚相手の条件」についてロールプレイをしてみよう!

1 会話を聞きましょう。

智子：ああ、早く結婚したいなあ。

美咲：智子は、将来どんな人と結婚したいの?

智子：そうだなあ。経済力があって、頼りがいがある人がいいなあ。

　　　いざというときに守ってくれたら、いいよね。

美咲：いい人がいるよ。

　　　大学院生なんだけど、面倒見がよくて、

　　　女の子にすごく人気があるよ。

智子：へえ。でも、あんまりもてすぎる人はちょっとね……。浮気されたら嫌だしね。

美咲：そうだね……。じゃあ、先輩で大企業に勤めている人がいるんだけど、どう?

　　　ちょっと神経質なところがあるけど……。年収はいいと思うよ。

智子：うーん。経済力があっても、いろいろうるさく言う人は嫌だな。

美咲：確かに。結婚するなら、一緒にいて楽な人がいいよね。

智子：うんうん。お互いが自然体でいられる夫婦がいいなあ。

美咲：そうだよね。

智子：あーあ、どこかにいい人いないかなあ。

いざというとき　關鍵時刻

もてる　受歡迎，吃香　　大企業　大企業

2 ロールプレイをする前に、自分の「結婚相手の条件」を書きましょう。

●私は＿＿＿＿＿＿＿て、＿＿＿＿＿＿＿＿人と結婚したいです。

●＿＿＿＿＿＿＿ても、＿＿＿＿＿＿＿人とは結婚したくないです。

●結婚したら、＿＿＿＿＿＿＿＿＿＿＿＿＿＿夫婦になりたいです。

3 ロールプレイをしましょう。

ロールカードA

あなたは、今、恋人はいませんが、結婚したいと思っています。

どんな人と結婚したいか結婚相手の条件を話してください。

また、結婚したらどんな夫婦になりたいか話してください。

ロールカードB

あなたの友だちは、今、とても結婚したいと言っています。

どんな人と結婚したいか結婚相手の条件を聞いてください。

そして、あなたの友だちを紹介してください。

7 桜が舞う ―季節―

1 絵を見て考えよう

何をしている？
どんな行事？

どんな風景？

7

どんな内容の手紙、
メールを書く？

GOAL

日本の季節を豊かに表現し、季節の便りを書くことができる

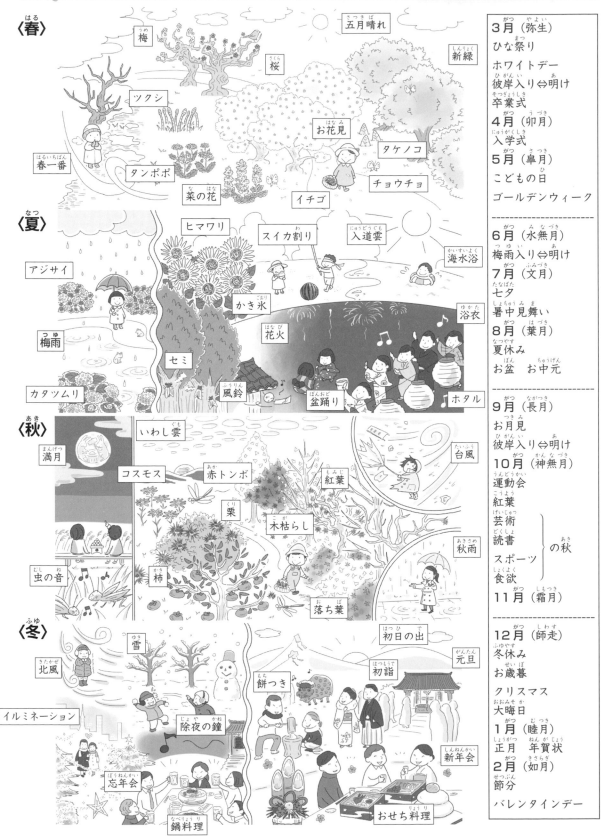

◆ 下線に入ることばをかえてみよう

植物・動物

▶ ＿＿＿＿＿＿が芽を出す　　　ツクシ　タケノコ

▶ ＿＿＿＿＿＿が舞う　　　桜　落ち葉　チョウチョ　赤トンボ

▶ ＿＿＿＿＿＿が響く　　　虫の音　セミの声

▶ ＿＿＿＿＿＿が咲く ⇒ 満開になる ⇒ 散る

　　　桜　梅　菜の花　タンポポ　アジサイ　ヒマワリ　コスモス

空模様

▶ ＿＿＿＿＿＿日が続く　　　暑い　蒸し暑い　寒い　肌寒い　暑さ・寒さの厳しい

▶ ＿＿＿＿＿＿が和らぐ ⇔ 厳しくなる　　　暑さ　寒さ

▶ 空に＿＿＿＿＿＿が出る・浮かぶ　　　入道雲　いわし雲　満月

▶ ＿＿＿＿＿＿が吹く　　　春一番　木枯らし　北風

▶ 台風が＿＿＿＿＿＿　　　来る　近づく　接近する　上陸する　直撃する　通過する

▶ ＿＿＿＿＿＿前線　　　桜　梅雨　秋雨

行事・レジャー

▶ ＿＿＿＿＿＿を楽しむ・満喫する　　　春　夏　秋　冬　夏休み　冬休み　ゴールデンウィーク

▶ ＿＿＿＿＿＿を送る ⇔ が届く　　　お中元　お歳暮　暑中見舞い　年賀状

▶ ＿＿＿＿＿＿が響く　　　風鈴の音　除夜の鐘

食べもの

▶ ＿＿＿＿＿＿が旬だ　　　タケノコ　イチゴ　栗　柿　スイカ

▶ ＿＿＿＿＿＿を堪能する　　　タケノコ　イチゴ　栗　柿　スイカ　鍋料理　おせち料理

◆ 季節のあいさつを書いてみよう

季節の手紙の流れ：

　　①始めのあいさつ ⇒ ②季節のこと・最近の自分のこと ⇒ ③終わりのあいさつ

①＿＿＿＿＿＿季節になりましたが、いかがお過ごしでしょうか。

〈春〉満開の桜の美しい／新緑の美しい／チョウチョの舞う／タケノコが旬の　など

〈夏〉アジサイの美しい／蝉の声が響く／スイカのおいしい　など

〈秋〉紅葉の美しい／虫の音が響く／木枯らしの吹く／空に浮かぶ満月の美しい　など

〈冬〉雪の舞う／イルミネーションの美しい／鍋料理のおいしい　など

※〈正月〉明けましておめでとうございます。

③では、＿＿＿＿＿＿、お体にお気をつけてお過ごしください。

〈春・秋〉過ごしやすい季節ではありますが　　〈夏〉暑い日が続きますが

〈冬〉寒い日が続きますが　　　　　　　※〈年末〉よいお年をお迎えください。

3 練習してみよう

1 選びましょう。

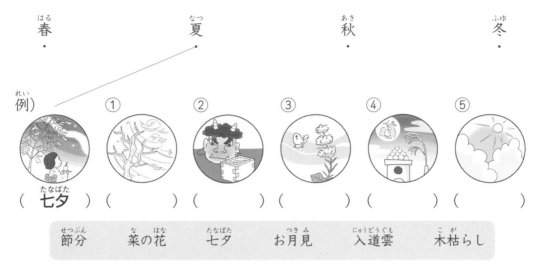

| 春 | 夏 | 秋 | 冬 |

例) ① ② ③ ④ ⑤

(七夕) ( ) ( ) ( ) ( ) ( )

節分　　菜の花　　七夕　　お月見　　入道雲　　木枯らし

2 下線に入ることばを考えましょう。

①春一番が＿＿＿＿＿＿＿と、だんだん暖かくなってきます。

②タケノコが＿＿＿＿＿＿＿なので、タケノコごはんを作ってみました。

③春になり、ツクシが＿＿＿＿＿＿＿ました。

④梅雨入りし、アジサイも＿＿＿＿＿＿＿始めました。

⑤今年はスイカ割りをしたり海水浴に行ったりして、夏を＿＿＿＿＿＿＿たいです。

⑥夏の空に＿＿＿＿＿＿＿が浮かんでいます。

⑦秋の初めは、よく＿＿＿＿＿＿＿が上陸します。

⑧10月に入り、暑さが少しずつ＿＿＿＿＿＿＿で、過ごしやすくなってきました。

⑨黄色や茶色の＿＿＿＿＿＿＿が舞っていてきれいです。

⑩大晦日、＿＿＿＿＿＿＿が響く中、恋人と一緒に初詣に行きました。

⑪ホストファミリーのうちで、おせち料理を＿＿＿＿＿＿＿しました。

⑫お正月に、お世話になった先生に＿＿＿＿＿＿＿を送りました。

②

③ 絵を見て、季節のあいさつと様子を書きましょう。

例）春

「_____新緑の美しい_____季節になりましたが、
いかがお過ごしでしょうか。」

・チョウチョが楽しそうに舞っています。

・タンポポが咲いています。

・気持ちのよい五月晴れです。

①夏

「_____季節になりましたが、
いかがお過ごしでしょうか。」

・_____

・_____

・_____

②秋

「_____季節になりましたが、
いかがお過ごしでしょうか。」

・_____

・_____

・_____

③冬

「_____季節になりましたが、
いかがお過ごしでしょうか。」

・_____

・_____

・_____

4 聞いてみよう

別冊 答え
P.39

CDを聞いて、（　　　　）にことばを入れましょう。

好きな季節

小林：寒くなってきましたね。

シン：そうですね。今年は（　　　　　　　　）でしょうか。ぜひ一度見てみたいです。

小林：あっ、シンさんの国では雪はあまり降りませんからねえ。

シン：ええ。それに、冬は町中が（　　　　　　　）でキラキラしていて、ロマンチック
　　　で素敵な季節だと思います。

ダン：そうですか。寒いし、家族に会えなくて、私は毎年さみしくなります……。

小林：じゃあ、パーティーをしませんか。（　　　　　　　）で。心も体も温まりますよ！

ダン：わー、いいですね！

シン：楽しみです。

CD 27

小林：ところで、ダンさんはどの季節が一番好きですか。

ダン：私はやっぱり秋が一番好きです。何をするにもちょうどいい季節ですよね。
　　　（　　　　　　　）の秋に、（　　　　　　　）の秋……。

小林：それに、何と言っても食欲の秋ですよ！　旬の（　　　　　　）や（　　　　　　）
　　　がおいしいんですよね。

シン：秋の景色もいいですよね。空に浮かぶ（　　　　　　）や赤や黄色の（　　　　　　）
　　　は本当に美しいと思います。

ダン：シンさんはロマンチストですね。

CD 28

ダン：ロマンチックなイベントといえば、夏の（　　　　　　　）もありますよね。

シン：そうですね。去年、彼女と（　　　　　　）を着て夏祭りに行きました。
　　　（　　　　　　　）を見ながら食べた（　　　　　　）は最高でした。

小林：いいですね。日本の夏を（　　　　　　）したんですね。

ダン：いいなあ。私も来年までに彼女が欲しいなあ……。

CD 29

ダン：私は春も好きです。

小林：私も。毎年（　　　　　　）が咲き始めると、春が来たなあと思います。

シン：梅もいいですが、何と言っても（　　　　　　　）のシーズンですよね。
　　　（　　　　　　　）の桜はもちろん、（　　　　　　　）ていく風景もきれいですよね。

小林：今年はみんなで（　　　　　　）に行って、日本の春を楽しみたいですね。

ダン：ああ、早く春が来ないかなあ……。

シン：そうですね。（　　　　　　）はいつ吹くんでしょうか……。

CD 30

---

⑤ やってみよう

季節を伝える便りを書いてみよう！

① 読みましょう。

春

CD
31

佐藤さん

　チョウチョの舞う季節になりましたが、いかがお過ごしでしょうか。
　私は、来日してから、ずっと桜の季節を楽しみにしていましたが、先日、やっと桜を見ることができました。桜並木は満開で、まるで桜のトンネルのようでした。また、桜吹雪は、とてもきれいで、感動しました。いつか機会がありましたら、ぜひ一緒にお花見をしましょう。
　日本に来てから１年がたって、日本の生活にも慣れたところです。今は、希望の大学に合格することを目標にして、毎日がんばっています。
　では、過ごしやすい季節ではありますが、お体にお気をつけてお過ごしください。

フォン

桜並木　櫻花步道	桜吹雪　如雪花紛紛一般的櫻花花瓣	希望　志願・希望　目標　目標

冬

CD
32

日本のお母さん

　イルミネーションがきれいな季節になりましたが、いかがお過ごしでしょうか。
　日本にいるときは、大変お世話になりました。今ごろ、そちらはおせち料理の準備でお忙しいことと思います。去年の冬は、みんなで餅つきをしたり、こたつで鍋料理を食べたりしましたね。とても懐かしいです。
　私は帰国してから、日本と貿易をしている会社に就職しました。仕事で日本語を使うことも多いのですが、難しいことばが多くて大変です。でも、早く一人前になれるように、がんばっています。
　では、寒い日が続きますが、お体にお気をつけてお過ごしください。

アレキサンダー

お世話になりました　承蒙您的關照
こたつ　被爐　　貿易　貿易
一人前　成人・獨立的大人

---

② 書きましょう。

日本でお世話になった人や知り合い、友だちに書いて、送ってみましょう。

_____

_____季節になりましたが、いかがお過ごしでしょうか。

_____

_____

_____

_____

では、_____、お体にお気をつけてお過ごしください。

_____

_____

_____季節になりましたが、いかがお過ごしでしょうか。

_____

_____

_____

では、_____、お体にお気をつけてお過ごしください。

_____

8 猫の手も借りたい ―慣用句・ことわざ―

1 絵を見て考えよう

これらの絵を説明するとき何と言う？

どんな日本の慣用句やことわざを知ってる？

GOAL

日本の慣用句・ことわざの使い方を説明することができる

① 体のことばを使った慣用句

頭が固い　頭が痛い　頭に来る　耳を傾ける　耳が痛い　耳を疑う
目を盗む　目がない　目が点になる　口が滑る　口が減らない　口が堅い
顔に出る　顔が広い　顔から火が出る　胸を打つ　胸が痛む　胸をふくらませる
手に入れる　手を抜く　手が付けられない　足を運ぶ　足が遠のく　足を引っ張る

② 体のことばを使ったことわざ

鬼の目にも涙

耳にタコができる

壁に耳あり障子に目あり

仏の顔も三度まで

口は災いの元

のど元過ぎれば熱さを忘れる

猫の手も借りたい

頭　耳　目　口　顔　のど　手　足

◆慣用句を使った例文を見てみよう

頭	頭が固い	父は頭が固いから、歌手になりたいと言ったら反対するだろう。
	頭が痛い	勉強していないから、明日の試験のことを考えると頭が痛い。
	頭に来る	妹にパソコンを壊されて、頭に来た。
耳	(〜に)耳を傾ける	田中先生はいつも生徒の声に耳を傾けてくれる。
	耳が痛い	先生から何度も同じことを注意されて、耳が痛い。
	耳を疑う	友だちが離婚したと聞いて、耳を疑った。
目	(〜の)目を盗む	先生の目を盗んで、授業中に携帯電話を使う。
	(〜に)目がない	私は甘い物に目がない。
	目が点になる	急に知らないことばで話しかけられて、目が点になった。
口	口が滑る	口が滑って、友だちの秘密をしゃべってしまった。
	口が減らない	弟は注意されても言い訳が多い。本当に口が減らないやつだ。
	口が堅い	彼は口が堅いから、信用できる。
顔	顔に出る	彼女は怒るとすぐ顔に出る。
	顔が広い	彼女は顔が広いので、いろいろな人に声をかけられる。
	顔から火が出る	みんなの前で転んで、顔から火が出そうだった。
胸	胸を打つ	彼女のスピーチに胸を打たれた。
	胸が痛む	飛行機事故のニュースを見て、胸が痛んだ。
	(〜に)胸をふくらませる	日本への留学に胸をふくらませている。
手	手に入れる	ずっとほしかった時計をやっと手に入れた。
	手を抜く	手を抜いて練習していると、いつまでも上手にならない。
	手が付けられない	部屋が汚すぎて、手が付けられない状態だ。
足	足を運ぶ	結婚を許してもらうため、彼女の実家に何度も足を運んだ。
	足が遠のく	サッカー部の練習が厳しくて、自然と部活から足が遠のいてしまった。
	(〜の)足を引っ張る	自分のミスで人の足を引っ張らないようにしたい。

◆ことわざを使った例文を見てみよう

目	鬼の目にも涙	鬼の目にも涙と言うが、いつも厳しい先生が卒業式では涙を流していた。
耳	耳にタコができる	その話は耳にたこができるほど聞かされた。
耳・目	壁に耳あり障子に目あり	壁に耳あり障子に目ありだから、人の悪口を言うときは気をつけたほうがいい。
顔	仏の顔も三度まで	また遅刻ですか。仏の顔も三度までですよ。
口	口は災いの元	冗談で言ったのに、彼女を怒らせてしまった。口は災いの元だ。
のど	のど元過ぎれば熱さを忘れる	彼はのど元過ぎれば熱さを忘れる性格で、テストの点が悪かったときは落ち込んでいるが、1日過ぎるともう忘れて勉強しなくなる。
手	猫の手も借りたい	今日は1日大掃除で、猫の手も借りたいぐらい忙しい。

◆慣用句・ことわざの紹介をしてみよう

▶「(日本の慣用句)」とは、(慣用句の意味)という意味です。
「顔が広い」とは、知り合いが多いという意味です。

▶「(慣用句の使用例)」のように使います。
「彼女は顔が広いので、いろいろな人に声をかけられます」のように使います。

▶(自分の国)では、(慣用句の意味)を「(自分の国の慣用句)」と言います。
韓国では、知り合いが多いことを「足が広い」と言います。

③ 練習してみよう

① 絵を見て、下線にことばを入れて慣用句にしましょう。

① 頭が＿＿＿＿＿　　頭が＿＿＿＿＿　　頭に＿＿＿＿＿

② 耳を＿＿＿＿＿　　耳が＿＿＿＿＿　　耳を＿＿＿＿＿

③ 目を＿＿＿＿＿　　目が＿＿＿＿＿　　目が＿＿＿＿＿

④ 口が＿＿＿＿＿　　口が＿＿＿＿＿　　口が＿＿＿＿＿

⑤ 顔に＿＿＿＿＿　　顔が＿＿＿＿＿　　顔から＿＿＿＿＿

⑥ 胸を＿＿＿＿＿　　胸が＿＿＿＿＿　　胸を＿＿＿＿＿

⑦ 手に＿＿＿＿＿　　手を＿＿＿＿＿　　手が＿＿＿＿＿

⑧ 足を＿＿＿＿＿　　足が＿＿＿＿＿　　足を＿＿＿＿＿

❷ 絵を見て、下線にことばを入れてことわざにしましょう。

① 仏の顔も ＿＿＿＿＿＿＿＿＿＿

② 口は ＿＿＿＿＿＿＿＿＿＿

③ 猫の ＿＿＿＿＿＿＿＿＿＿

④ のど元過ぎれば ＿＿＿＿＿＿＿＿

⑤ 鬼の ＿＿＿＿＿＿＿＿＿

⑥ 壁に ＿＿＿＿＿＿ 障子に ＿＿＿＿＿

⑦ 耳に ＿＿＿＿＿＿＿＿＿

❸ 慣用句に言いかえましょう。助詞にも気をつけましょう。

①高校生のころは、親に隠れてボーイフレンドとよく遊びに行きました。

⇒＿＿＿＿＿＿＿＿＿＿＿＿＿＿＿＿＿＿＿＿＿＿＿＿＿＿＿

②木村さんは大学を受験すると決めるまで、その大学に何度もわざわざ行ったそうです。

⇒＿＿＿＿＿＿＿＿＿＿＿＿＿＿＿＿＿＿＿＿＿＿＿＿＿＿＿

③あのスーパーは、お客の話をしっかり聞いて、役立てています。

⇒＿＿＿＿＿＿＿＿＿＿＿＿＿＿＿＿＿＿＿＿＿＿＿＿＿＿＿

④友だちに 10 年ぶりに会います。再会をとても楽しみにしています。

⇒＿＿＿＿＿＿＿＿＿＿＿＿＿＿＿＿＿＿＿＿＿＿＿＿＿＿＿

⑤おいしいものが大好きな私にとって、北海道の旅行は最高でした。

⇒＿＿＿＿＿＿＿＿＿＿＿＿＿＿＿＿＿＿＿＿＿＿＿＿＿＿＿

⑥友だちだと思って声をかけたら、違う人だったんです。本当に恥ずかしかったです。

⇒_____

⑦宝くじが当たったと聞いたときは、一瞬、本当かどうか信じられませんでした。

⇒_____

⑧クラリスさんは、怒っても表情に表れません。

⇒_____

⑨チームが優勝できないのは、私がみんなに迷惑をかけているからかもしれません。

⇒_____

⑩レストランのウェイトレスに失礼な態度をされて、怒りたくなりました。

⇒_____

⑪アコスタさんはお金を貯めて、やっと新しいパソコンを買ったそうです。

⇒_____

⑫テレビで、病院に行けなくて死んでしまう子どもたちを見て、とても辛くなりました。

⇒_____

❹ 下からことばを選んで、適当な形に変えて入れましょう。

①元気を出してもらおうと思って言ったのに、反対に傷つけてしまいました。
_____ですね。

②何度注意しても同じことをするので、優しい高木先生が怒ってしまいました。
_____とはこのことです。

③いつも厳しい課長も、娘さんの結婚式で涙を流していたそうです。
_____ですね。

④ちょっと手伝ってもらえませんか。
明日の卒業パーティーの準備で_____ぐらいなんです。

⑤国へ帰るといつも、両親に早く結婚しろと言われます。もう_____
そうです。

のど元過ぎれば熱さを忘れる　　鬼の目にも涙　　口は災いの元　　猫の手も借りたい
仏の顔も三度まで　　耳にタコができる　　壁に耳あり障子に目あり

④ 聞いてみよう

CDを聞いて、（　　　）に入ることばを入れましょう。

前田：あのこと、誰に相談したらいいかな……。

石井：どうしようか……。西山さんがいいんじゃない？　（　　　　　　　）から。

前田：そうだね。山田さんだと、（　　　　　　　）言っちゃうかもしれないし……。

西山さんなら信用できるよね。あとで相談してみよう。

CD 33

信用する　信任・信頼

松田：最近話題になっている映画、もう見ましたか。

小野：いいえ、まだ。どんな話なんですか。

松田：難病の少女の話なんですが、いつも前向きにがんばるんです。

私、その姿に（　　　　　　　）……。

小野：じゃあ、私も見に行ってみます。

CD 34

話題　話題　　難病　疑難雜症　　前向き　積極樂觀

姿　様子・形象

木村：昨日、駅前の喫茶店に行ったら、店長が「森さんによろしく」って言っていました。森さん、（　　　　　　　）んですね。

森：学生のころ、近くに住んでいて、町内のいろいろな活動に参加していたからかもしれませんね。

木村：へえ、そうだったんですか。

森：店長はお元気でしたか。引っ越してからすっかり（　　　　　　　）しまって……。

CD 35

町内　街區內　　すっかり　全部・完全

メラ　：さっき、坂本さんに「メラさん、結婚するの？」って言われて、

（　　　　　　　）よ。私、結婚の予定なんてないのに……。

クラリス：あっ、さっき私たちが休憩室でラリタさんの話をしていたのを聞いていたのかな。

メラ　：ああ、だからか。「壁に（　　　　　　）障子に（　　　　　　　）」だね。

クラリス：気をつけないと。

CD 36

休憩室　休息室

本田：アンワルくん、また宿題を忘れて、先生に怒られていたよ。

川村：え、この前怒られたとき、「もう絶対に忘れません」って、反省していたよね。

本田：そうだよね。先生にも「忘れないように」って、耳に（　　　　　　　）ほど言われたのに……。

川村：「（　　　　　　　）過ぎれば、（　　　　　　　）を忘れる」とはこのことだね。

CD 37

反省する　反省

---

5 やってみよう

「日本の慣用句・ことわざ」について発表してみよう！

❶ 発表を聞きましょう。

CD 38

「頭が痛い」とは、心配なことがあって悩むという意味です。

例えば、「やってもやっても宿題が終わらなくて、頭が痛い。」のように使います。

以前、私も進路を決めるとき、自分の希望する大学と、両親がすすめる大学のどちらにするか、夜も眠れないくらい悩んだことがありました。両親の意見も大切にしたかったからです。結局、両親とよく話し合って、私が行きたかった大学に進学しましたが、本当にあの時は、「進路のことを考えると頭が痛かった」です。

悩む　煩惱　　以前　以前　　進路　出路・前途
希望する　理想・希望　　すすめる　推薦・建議
結局　最終　　進学する　升學

CD 39

「猫の手も借りたい」とは、とても忙しいという意味です。

例えば、「来週、引っ越しをするので、猫の手も借りたいぐらいだ。」のように使います。韓国では、とても忙しいことを「目や鼻を開ける間もない」と言います。

以前、居酒屋でアルバイトをしていたことがありました。学費を自分で払いたかったからです。12月から1月にかけては忘年会や新年会で、毎日お客でいっぱいで、休憩時間も取ることができませんでした。本当にあの時は、「猫の手も借りたいぐらい忙しかった」です。

居酒屋　居酒屋　　学費　學費
忘年会　尾牙　　新年会　春酒
休憩時間　休息時間

8

❸ 発表してみよう。

慣用句・ことわざ「　　　　　　　　　　　　　　　　　」

慣用句・ことわざの意味

「　　　　　　　　　　　　　　」とは

　　　　　　　　　　　　　　　　　　　　　　　　という意味です。

慣用句・ことわざを使った例文

例えば、「

　　　　　　　　　　　　　　　　　　　　　　　　　　　　　　」

のように使います。

エピソード

以前、

9 富士山 ―世界遺産・名所紹介―

1 絵を見て考えよう

どこにある？

何で有名？ 見どころは？

お土産は？

GOAL
日本や自分の国の世界遺産や名所を紹介することができる

2 ことばを増やそう

別冊 ことばリスト
P.29-31

❶ 日本の世界遺産 ～自然遺産（　）・文化遺産（14）～

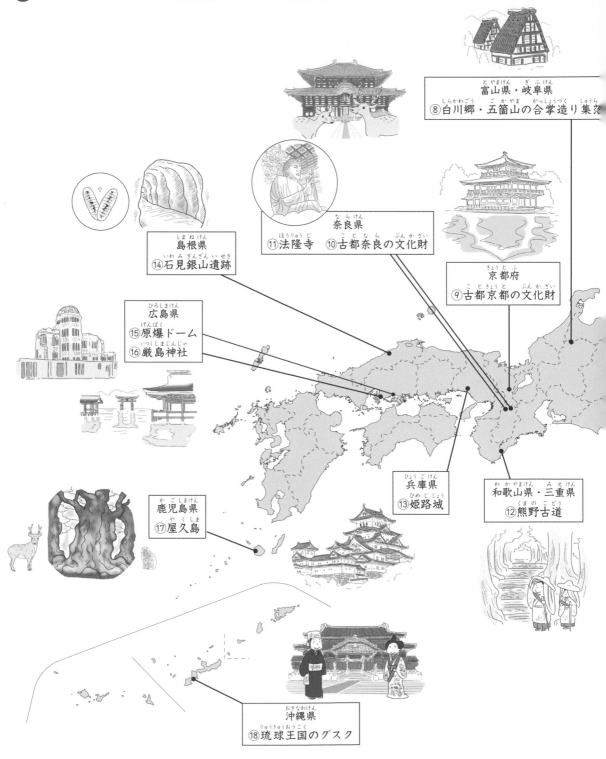

富山県・岐阜県
⑧白川郷・五箇山の合掌造り集落

島根県
⑭石見銀山遺跡

奈良県
⑪法隆寺　⑩古都奈良の文化財

京都府
⑨古都京都の文化財

広島県
⑮原爆ドーム
⑯厳島神社

兵庫県
⑬姫路城

和歌山県・三重県
⑫熊野古道

鹿児島県
⑰屋久島

沖縄県
⑱琉球王国のグスク

北海道
①知床

青森県・秋田県
②白神山地

岩手県
③平泉

栃木県
④日光の社寺

群馬県
⑤富岡製糸場

山梨県・静岡県
⑦富士山

東京都
⑥小笠原諸島

<位置を表すことば>

	北	
北西		北東
西		東
南西		南東
	南	

（A市）と（B市）にまたがっている

（川）にまたがっている

（A市）の中央に位置している

A市　B市

（海）に囲まれている

（川）に面している

◆ 下線に入ることばをかえてみよう。ことばを言いかえてみよう。

場所

▶ ＿＿＿＿＿の＿＿＿＿＿部：北海道 ‥‥ 北東
▶ ＿＿＿＿＿に囲まれたところ：山　海
▶ ＿＿＿＿＿に面したところ：海　川
▶ ＿＿＿＿と＿＿＿＿にまたがったところ：富山県 ‥‥ 岐阜県
▶ ＿＿＿＿＿から＿＿＿＿へ約＿＿＿＿離れたところ：東京 ‥‥ 南南東 ‥‥ 1000km

見どころ

▶ (国・地域)を代表する＿＿＿＿＿＿＿：世界遺産　建築物
▶ ＿＿＿＿＿＿＿を保っている：自然　風景　伝統　調和
▶ 今も残っている　⇒　現存する
▶ 最も古い ⇒ 最古(の)
▶ ただ一つ(の)　⇒ 唯一(の)
▶ 〜だけが持つ　⇒　〜独自(の)
▶ とても有名で代表的な　⇒　有数(の)　屈指（の)

自然遺産

▶ 自然の＿＿＿＿＿＿が感じられる：神秘　パワー
▶ (動物・生物)がすむ　⇒　生息する
▶ (動物・生物)が生息する場所　⇒　生息地
▶ (植物)が生えている　⇒　生育する
▶ (植物)が生育する場所　⇒　生育地
▶ 景色　⇒　景観　　▶ すばらしい景色　⇒　絶景
▶ 少なくて珍しい　⇒　希少(な)
▶ 〜にしかない　⇒　〜固有(の)
▶ (自然・資源)がたくさんある　⇒　(自然・資源)の宝庫

文化遺産

▶ ＿＿＿＿＿＿を伝える：歴史　伝統　文化
▶ ＿＿＿＿＿＿として栄える：〜(の)地　中心(地)　首都
▶ ＿＿＿＿＿＿が施されている：飾り　装飾　細工　仕掛け
▶ ＿＿＿＿＿＿と深く関係している：歴史　信仰　芸術
▶ 城を建てる　⇒　城を築く　⇒　築城する

◆ 世界遺産の紹介をしてみよう

 自然遺産　 文化遺産

Q：どこにありますか。

A：(世界遺産)は、(場所)にあります／に位置しています。

　🌳 知床は、北海道の北東部に位置しています。

　🏠 白川郷・五箇山の合掌造り集落は、富山県と岐阜県にまたがったところにあります。

Q：何で有名ですか／どんな見どころがありますか。

A：(見どころ)で(も)有名です／として(も)知られています。

　🌳 流氷で有名です。
　　　野生動物の生息地としても知られています。

　🏠 冬のライトアップでも有名です。
　　　江戸時代の終わりから明治時代の初めに建てられた建物として知られています。

A：(見どころ)も魅力の一つです。

　🌳 自然の神秘が感じられることも魅力の一つです。
　🏠 昔の生活様式を伝えていることも魅力の一つです。

A：(理由)ことから(呼び名)と(も)言われています。

　🌳 自然がそのままの姿で残っていることから日本最後の秘境とも言われています。
　🏠 屋根の形が両手を合わせたように見えることから「合掌造り」と言われています。

Q：お土産にはどんなものがありますか。

A：(世界遺産)のお土産といえば、(土産物)が有名です。

　🌳 知床のお土産といえば、サケが有名です。
　🏠 白川郷のお土産といえば、「さるぼぼ」が有名です。

9

③ 練習してみよう

別冊 答え
P.40

1 ①～③の場所を言いましょう。

①厳島神社は広島県の＿＿＿＿＿＿部に位置していて、
瀬戸内海に＿＿＿＿＿＿ところにあります。

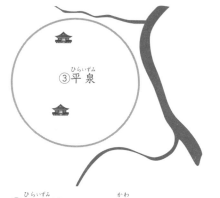

②富士山は、山梨県と静岡県に

＿＿＿＿＿＿ところにあります。

③平泉は、3つの川に＿＿＿＿＿＿

ところにあります。

2 ほかのことばに言いかえましょう。

①北海道の知床には、多くの野生動物がすんでいます。

⇒＿＿＿＿＿＿＿＿＿＿＿＿＿＿＿＿＿＿＿＿＿＿＿＿＿＿＿。

②秋の厳島神社では、自然と建物が調和したすばらしい景色が見られます。

⇒＿＿＿＿＿＿＿＿＿＿＿＿＿＿＿＿＿＿＿＿＿＿＿＿＿＿＿。

③奈良県にある法隆寺は、今も残っている世界で一番古い木造建築物です。

⇒＿＿＿＿＿＿＿＿＿＿＿＿＿＿＿＿＿＿＿＿＿＿＿＿＿＿＿。

④白川郷には合掌造りの家が多く見られ、独特の景色が楽しめます。

⇒＿＿＿＿＿＿＿＿＿＿＿＿＿＿＿＿＿＿＿＿＿＿＿＿＿＿＿。

⑤小笠原諸島は、小笠原にしかいないカタツムリの生息している場所
として知られています。

⇒＿＿＿＿＿＿＿＿＿＿＿＿＿＿＿＿＿＿＿＿＿＿＿＿＿＿＿。

⑥古都奈良の文化財は、日本だけが持つ思想や仏教文化が育てられた、歴史上で重要なところです。

⇒_____。

⑦16世紀から17世紀にかけて、石見銀山は世界でとても有名で代表的な銀山でした。

⇒_____。

⑧白神山地には、ハクサンチドリやアオモリマンテマなどの少なくて
珍しい植物が生育しています。

⇒_____。

❸ 文章を読んで、答えましょう。

①

姫路城は兵庫県の南西部に位置し、東京から新幹線と
バスで約3時間半かかります。
　日本で唯一のお城の世界遺産で、約400年前の江戸時代
に築城されました。江戸時代に建てられた天守閣が現存し
ていることで有名で、お城の壁が真っ白で美しいことから、
「白鷺城」とも言われています。
　姫路城のお土産といえば、和菓子が大好きな女の子、
「しろまるひめ」というキャラクターグッズが有名です。

江戸時代　江戸時代
天守閣　天守閣　　壁　牆
真っ白　雪白　　白鷺　白鷺　　　和菓子　日式點心
キャラクターグッズ　人偶周邊紀念品

© 姫路市2009

問1) 姫路城は何で有名ですか。

_____

問2) どうして「白鷺城」と呼ばれていますか。

_____

②

　小笠原諸島は東京都から南南東へ約1000km離れたところにあります。東京から船で25時間かかります。

　希少な自然が現存していて、世界屈指の真っ青な海にはクジラやイルカが、山や森には小笠原固有の生物が生息しています。また、1年の平均気温が23℃で暖かいことも魅力の一つです。南米にあるガラパゴス諸島のような、独自の生態系を作っていることから「東洋のガラパゴス」とも言われています。

　小笠原のお土産といえば、透明な海からとれた塩が有名です。

諸島　群島	真っ青な	湛藍	
南米　南美	生態系	生態系統	
東洋　東洋	透明　透明		

問1）小笠原諸島には何が生息していますか。

_____

問2）どうして「東洋のガラパゴス」と呼ばれていますか。

_____

③

　京都は日本列島のほぼ中央に位置していて、東京から新幹線で約2時間半かかります。

　古都京都の文化財には、平安時代から江戸時代を代表する17か所の寺・神社・城が登録されていて、それぞれの時代の歴史と深く関係している建物や庭園が現存しています。

　その中の1つに清水寺があります。清水寺の本堂は高さ18mもあり、そこから見る京都市内は絶景です。「清水の舞台」とも言われていて、「清水の舞台から飛び降りる」は、大きな決断をするときの例えに使われます。

　京都のお土産といえば、八ツ橋や抹茶のお菓子などが有名で、おいしいものがたくさんあります。

日本列島　日本列島	古都　古都		
文化財　文化遺産	平安時代　平安時代		
登録する　登録・登記	庭園　庭院	本堂　正殿	
舞台　舞台	決断　決断	抹茶　抹茶	

問1）古都京都の文化財には、どんなものが登録されていますか。

_____

問2）「清水の舞台から飛び降りる」は、どんな例えに使われますか。

_____

4 聞いてみよう

CD を聞いて、（　　　　）にことばを入れましょう。

浩一：この間、屋久島に行ってきたんだ。

貴子：へー。屋久島といえば屋久杉や縄文杉が有名だよね。いいなあ。

浩一：さすが自然の（　　　　　　　）だけあって、本当にすばらしかったよ。樹齢1000年を超える縄文杉を見たときには、感動したなあ。

貴子：私もいつか行ってみたいなあ。鹿児島のどこにあるんだっけ？

浩一：鹿児島から（　　　　　　　）へ60kmぐらい離れたところにあって、飛行機で行けるよ。

貴子：飛行機が飛んでるんだね。ほかは何がよかった？

浩一：何より自然かな。ガイドさんによると、島の90%が森で、日本（　　　　　　）の植物がたくさん（　　　　　　）んだって。

貴子：ところで、お土産は？

浩一：はい、屋久島のお土産といえばこれ、タンカン！甘くておいしいよ。

貴子：わー、ありがとう！

杉（すぎ） 杉樹　　樹齢（じゅれい） 樹齢　　超える 超過
何より（なに） 比什麼（都要好）　　ガイド 嚮導・導遊

ラゼス：先生、日本の世界遺産を見に行ってみたいんですが、どこがおすすめでしょうか。

先生：そうですね……。厳島神社は知っていますか。

ラゼス：いいえ、はじめて聞きました。どこにあるんですか。

先生：厳島神社は、広島県の（　　　　　　　）に位置していて、瀬戸内海に（　　　　　　）ところにあります。

ラゼス：どんな（　　　　　　）がありますか。

先生：厳島神社は、海に浮かぶ神社として知られているんですよ。

ラゼス：えっ、「海に浮かぶ神社」ですか。

先生：はい。満潮時には海に浮かんでいるように見えるんです。干潮時には全く違う（　　　　　　）が楽しめますよ。

ラゼス：わー、ぜひ見てみたいです。（　　　　　　）はどんなものがありますか。

先生：「宮島しゃもじ」というしゃもじが有名です。「幸運や勝運をすくいとる」と言われる縁起物ですよ。

ラゼス：わー、いいですね。いろいろありがとうございました。

おすすめ 推薦　　浮かぶ（う） 漂浮・浮現　　満潮時（まんちょうじ） 漲潮時
干潮時（かんちょうじ） 退潮時　　しゃもじ 飯杓・飯匙　　幸運 幸運
勝運（しょううん） 勝利的運氣　　すくいとる 招來　　縁起物（えんぎもの） 吉祥物

5 やってみよう

「日本や自分の国の世界遺産・名所」について発表してみよう！

① 発表を聞きましょう。

世界遺産・名所

CD 42

私は日本の世界遺産である「日光の社寺」について紹介したいと思います。

地理・アクセス

「日光の社寺」は栃木県の北西部にある日光市にあります。

東京から電車とバスで2時間くらいかかります。

世界遺産・名所の説明・見どころ

「日光の社寺」には、2つの神社と1つの寺、その周りの景観が登録されています。

「日光の社寺」の中でも、東照宮はとても人気があります。東照宮を代表する陽明門は美しい彫刻でできていて、高い技術の装飾が施されています。また、「見ざる・言わざる・聞かざる」の三猿や眠り猫など動物の彫刻も有名で、それらの表情が豊かなことも魅力の一つです。

東照宮は、江戸時代を築いた徳川家康のお墓がある場所としても知られています。

お土産

日光のお土産といえば、「ゆば」が有名です。煮たり焼いたり揚げたり、いろいろな料理方法があります。東照宮で三猿や眠り猫のお守りを買うのもいいかもしれません。

みなさんも、ぜひ一度行ってみてください。

登録する　登録・登記　　彫刻　雕刻
技術　技術　　表情　表情
豊か(な)　豊富　　ゆば　豆腐皮
お守り　護身符

❷ 発表しましょう。

写真などを見せながら、紹介をしてみましょう。

世界遺産・名所

私は「　　　　　　　　　　　　　　　」について紹介したいと思います。

地理・アクセス

・・

・・

・・

世界遺産・名所の説明・見どころ

・・

・・

・・

・・

・・

・・

お土産

・・

・・

・・

みなさんも、ぜひ一度行ってみてください。

10 50%を占めている ―グラフ―

1 グラフを見て考えよう

日本の年間平均気温の変化

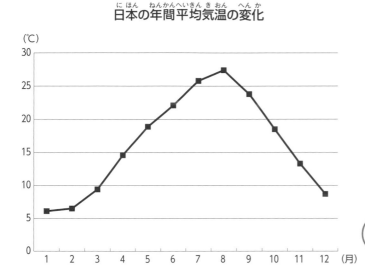

何グラフ？
何を 表 している？

どんな変化をしている？

グラフからどんなことがわかる？
どんなことが 考 えられる？

ペットを飼ったことがあるか

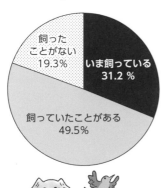

いま飼っている 31.2 ％
飼っていたことがある 49.5％
飼ったことがない 19.3%

朝ご飯に何を食べるか（男女別）

	パン	ごはん	その他
男性	40%	42%	18%
女性	48%	32%	20%

GOAL

グラフの説明ができ、自分の意見を言うことができる

2 ことばを増やそう

1 グラフの種類

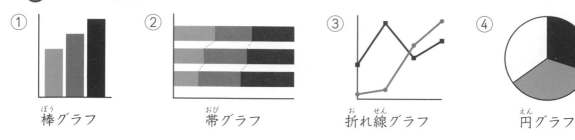

① 棒グラフ　② 帯グラフ　③ 折れ線グラフ　④ 円グラフ

2 グラフの数値・比較・変化

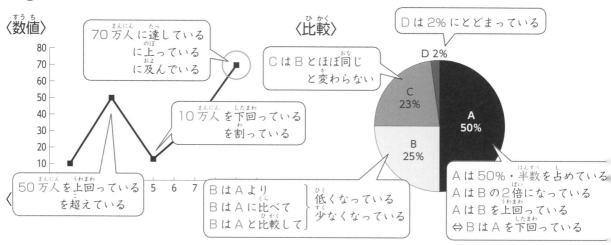

〈数値〉

70万人に達している
　　　　に上っている
　　　　に及んでいる

10万人を下回っている
　　　　を割っている

50万人を上回っている
　　　　を超えている

〈比較〉

CはBとほぼ同じ
　　　と変わらない

Dは2%にとどまっている

D 2%
C 23%
A 50%
B 25%

BはAより
BはAに比べて
BはAと比較して

低くなっている
少なくなっている

Aは50%・半数を占めている
AはBの2倍になっている
AはBを上回っている
⇔BはAを下回っている

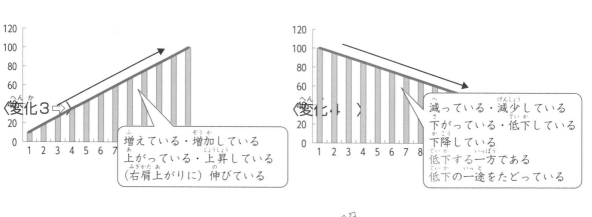

〈変化3⇨〉

増えている・増加している
上がっている・上昇している
（右肩上がりに）伸びている

〈変化4⇲〉

減っている・減少している
下がっている・低下している
下降している
低下する一方である
低下の一途をたどっている

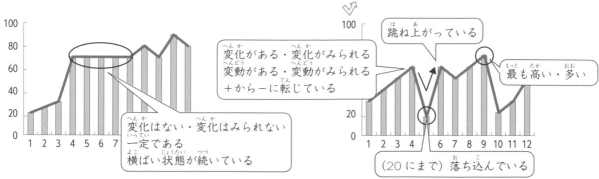

変化がある・変化がみられる
変動がある・変動がみられる
＋から－に転じている

跳ね上がっている

最も高い・多い

変化はない・変化はみられない
一定である
横ばい状態が続いている

（20にまで）落ち込んでいる

◆ グラフの説明をしてみよう

①グラフの紹介

> この(グラフの種類)は、(グラフの内容)を示している／表している
>
> この折れ線グラフは、日本の年間平均気温の変化を示している。
> この円グラフは、ペットを飼ったことがあるかを表している。

②グラフの説明

> 調査の結果を見ると…
>
> Aは(程度を表すことば) (変化・状態を表す動詞)
>
> 売上は1月から3月にかけて徐々に増えている。
> 売上は3月から4月にかけて大幅に伸びている。
> 売上は4月から8月にかけてほぼ横ばい状態が続いている。

＜程度を表すことば＞

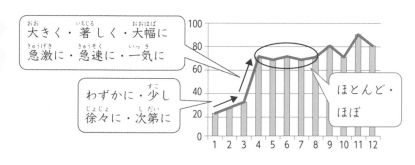

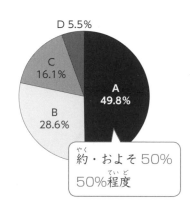

③調査結果・数値からわかること

> この調査結果／こと／数値から、(わかったこと)ということが
> { わかった／明らかになった
>   認められた
>   示された／示唆された }
>
> この調査結果から、今年は春から夏にかけて売り上げにほとんど変化がないということがわかった。
>
> (理由)から／ため(だ)と
> { 考えられる／思われる
>   推測される／推測できる }
>
> これは、例年より夏の気温が低かったためだと考えられる。

③ 練習してみよう

❶ グラフの種類を答えましょう。

① 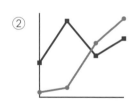　② 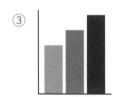　③ 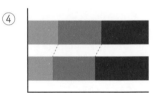　④

_____　_____　_____　_____

❷ 下のグラフの説明をしましょう。

～～～には程度を表すことば、_____には変化・状態を表すことばを入れましょう。

【1】

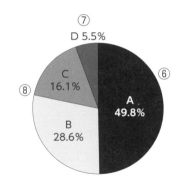

（個）

凡例：
A
B
C
D

【2】

⑦ D 5.5%
C 16.1% ⑧
⑥ A 49.8%
B 28.6%

【1】　① A は 4 月から 8 月まで～～～～ _____。

　　　② B は 5 月と 10 月に 20 にまで _____。

　　　③ B は 6 月に～～～～ に _____。

　　　④ C は 1 月から 12 月まで _____。

　　　⑤ D は 9 月には C を _____、その後も _____。

【2】　⑥ A は、全体の～～～～ 50% _____。

　　　⑦ D は 5%～～～～ に _____。

　　　⑧ C は D の～～～～ _____ 倍 _____。

❸ 下のグラフと合っているものには○、合っていないものには×を書きましょう。

【1】

A電気の店舗数と販売増減率

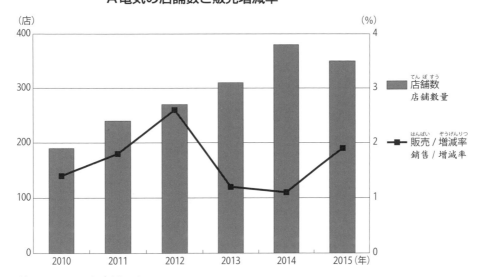

① この折れ線グラフは店舗数を示しています。（　　　　　）

② 店舗数は 2010 年から次第に増加し、2014 年に最も多くなっています。（　　　　　）

③ 店舗数は 2014 年には 400 に達しています。（　　　　　）

④ 販売の増減率は 2013 年に急激に下がって、1％を下回っています。（　　　　　）

⑤ 販売の増減率は 2013 年、2014 年はほぼ変化はなく、その後は低下の一途をたどっています。

（　　　　　）

【2】

映画を見るとどんな効果があるか

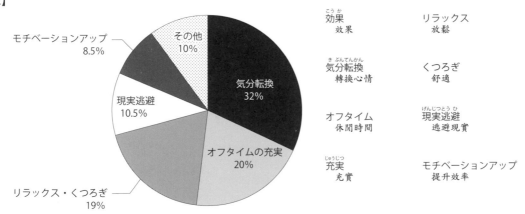

効果	リラックス
效果	放鬆
気分転換	くつろぎ
轉換心情	舒適
オフタイム	現実逃避
休閒時間	逃避現實
充実	モチベーションアップ
充實	提升效率

① 「気分転換」が最も多く、40％を占めている。（　　　　　）

② 「オフタイムの充実」と「リラックス・くつろぎ」はほとんど変わらないが、
「オフタイムの充実」のほうが少し下回っている。（　　　　　）

③ 「モチベーションアップ」はおよそ 9％にとどまり、「現実逃避」より少し低くなっている。

（　　　　　）

④ 「気分転換」は「モチベーションアップ」の約 2 倍になっている。（　　　　　）

❹ 下のグラフの説明をしましょう。

~~＿＿＿＿~~ には程度を表すことば、＿＿＿＿＿ には変化・状態を表すことばを入れましょう。

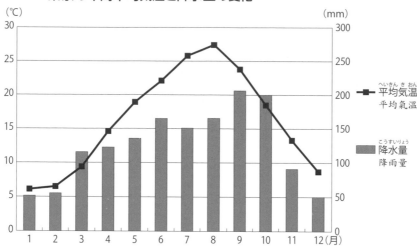

東京の年間平均気温と降水量の変化

凡例：
- ■— 平均気温　平均氣溫
- ▨ 降水量　降雨量

グラフの紹介

① このグラフは「東京の年間平均気温と降水量の変化」を ＿＿＿＿＿＿＿＿＿＿＿＿＿＿＿＿＿＿＿ 。

② ＿＿＿＿＿＿グラフは平均気温を、＿＿＿＿＿＿グラフは降水量を ＿＿＿＿＿＿＿＿＿＿＿＿ 。

グラフの説明

東京の平均気温は、

③ 1月が最も＿＿＿＿＿＿＿、約6℃で、8月が最も＿＿＿＿＿＿＿、27℃に＿＿＿＿＿＿＿ 。

④ 8月以降は、冬まで下降の ＿＿＿＿＿＿＿＿＿＿＿＿＿＿＿＿＿＿＿＿＿＿＿＿ 。

東京の降水量は、

⑤ 12月から2月は、~~＿＿＿＿＿＿＿＿＿~~変化はみられない。

⑥ 3月になると、~~＿＿＿＿＿~~ ＿＿＿＿＿＿、3月から5月にかけては、~~＿＿＿＿~~に＿＿＿＿＿＿ 。

⑦ 7月には、少し＿＿＿＿＿＿＿が、9月には200mmを ＿＿＿＿＿＿＿＿＿＿＿＿＿＿＿ 。

⑧ 11月になると、~~＿＿＿＿＿~~減少し、100mmを ＿＿＿＿＿＿＿＿＿＿＿＿＿＿＿＿ 。

調査結果・数値からわかること

⑨ このグラフから、1年を通して気温と降水量の変化が大きいことが ＿＿＿＿＿＿＿＿＿＿＿ 。

⑩ 9月に最も降水量が増加するのは、台風と秋雨の時期が重なるためと ＿＿＿＿＿＿＿＿＿ 。

4 聞いてみよう

CD を聞いて、（　　　）に入ることばを入れましょう。

調査結果を発表する

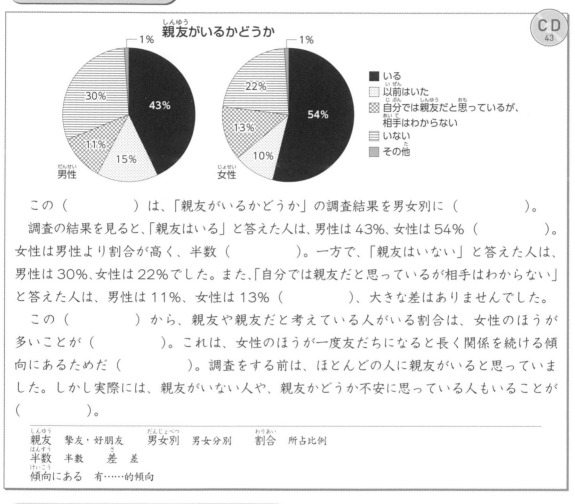

CD
43

親友がいるかどうか

- ■ いる
- ▧ 以前はいた
- ▨ 自分では親友だと思っているが、相手はわからない
- ▤ いない
- ▦ その他

男性：43%、30%、11%、15%、1%
女性：54%、22%、13%、10%、1%

　この（　　　　　）は、「親友がいるかどうか」の調査結果を男女別に（　　　　　）。

　調査の結果を見ると、「親友はいる」と答えた人は、男性は43%、女性は54%（　　　　　）。女性は男性より割合が高く、半数（　　　　　）。一方で、「親友はいない」と答えた人は、男性は30%、女性は22%でした。また、「自分では親友だと思っているが相手はわからない」と答えた人は、男性は11%、女性は13%（　　　　　）、大きな差はありませんでした。

　この（　　　　　）から、親友や親友だと考えている人がいる割合は、女性のほうが多いことが（　　　　　）。これは、女性のほうが一度友だちになると長く関係を続ける傾向にあるためだ（　　　　　）。調査をする前は、ほとんどの人に親友がいると思っていました。しかし実際には、親友がいない人や、親友かどうか不安に思っている人もいることが（　　　　　）。

親友（しんゆう）　摯友・好朋友　　男女別（だんじょべつ）　男女分別　　割合（わりあい）　所占比例
半数（はんすう）　半数　　差（さ）　差
傾向にある（けいこう）　有……的傾向

発表に対して質問する・質問に答える

CD
44

A：これで発表を終わります。何か質問はありますか。

B：はい。相手がどう思っているかわからない人が、男女でほとんど差が見られなかったと言っていましたが、このことについて、どう思いますか。

A：はい。「本当は親友がほしい」という気持ちの表れではないかと思います。メールやSNSで毎日連絡をとっていても、親友と言えるかどうかわからなくて、不安なのではないでしょうか。

B：そうですか。ありがとうございました。

気持ちの表れ（きも・あらわ）　表露心聲
連絡をとる（れんらく）　聯繫

5 やってみよう

「調査結果のグラフ」について発表してみよう！

1 下の2つのグラフについて、発表しましょう。

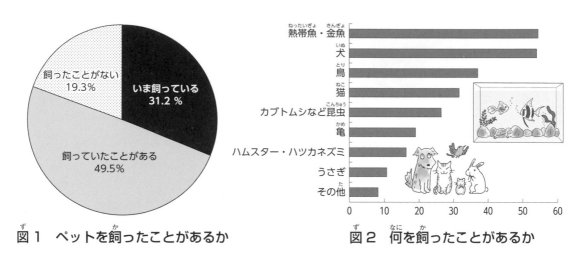

図1　ペットを飼ったことがあるか

図2　何を飼ったことがあるか

グラフの紹介

この2つのグラフは、ペットについての調査結果を表しています。

図1の＿＿＿＿＿＿＿＿＿＿グラフは、＿＿＿＿＿＿＿＿＿＿＿＿＿＿＿＿

図2の＿＿＿＿＿＿＿＿＿＿グラフは、＿＿＿＿＿＿＿＿＿＿＿＿＿＿＿＿

グラフの説明

調査の結果を見ると、図1の「ペットを飼ったことがあるか」については、＿＿＿＿＿

＿＿＿＿＿＿＿＿＿＿＿＿＿＿＿＿＿＿＿＿＿＿＿＿＿＿＿＿＿＿＿＿＿＿＿＿

また、図2の「何を飼ったことがあるか」については、＿＿＿＿＿＿＿＿＿＿＿＿＿

＿＿＿＿＿＿＿＿＿＿＿＿＿＿＿＿＿＿＿＿＿＿＿＿＿＿＿＿＿＿＿＿＿＿＿＿

＿＿＿＿＿＿＿＿＿＿＿＿＿＿＿＿＿＿＿＿＿＿＿＿＿＿＿＿＿＿＿＿＿＿＿＿

調査結果・数値からわかること

この調査結果から、＿＿＿＿＿＿＿＿＿＿＿＿＿＿＿＿＿＿＿＿＿＿＿＿＿＿＿

＿＿＿＿＿＿＿＿＿＿＿＿＿＿＿＿＿＿＿＿＿＿＿＿＿＿＿＿＿＿＿＿＿＿＿＿

＿＿＿＿＿＿＿＿＿＿＿＿＿＿＿＿＿＿＿＿＿＿＿＿＿＿＿＿＿＿＿＿＿＿＿＿

☆発表を聞いて、質問をしてみましょう。

② 自分の興味があることについて調査して、発表しましょう。

新聞や雑誌、インターネットから資料を準備しましょう。

_____についての調査

グラフの紹介

この_____グラフは、_____
についての調査結果を表しています。

グラフの説明

調査の結果を見ると、_____
_____
_____
_____
_____
_____

調査結果・数値からわかること

この調査結果から、_____
_____
_____

☆発表を聞いて、質問をしてみましょう。

樂學情境日語
日文語彙力UP！

作　　　者	木下謙朗／三橋麻子／丸山真貴子
譯　　　者	胡玉菲
編　　　輯	黃月良

製 程 管 理	洪巧玲
封 面 設 計	林書玉
出 版 者	寂天文化事業股份有限公司
電　　　話	(886) 2 2365-9739
傳　　　真	(886) 2 2365-9835
網　　　址	www.icosmos.com.tw
讀 者 服 務	onlinesevice@icosmos.com.tw

Copyright by Noriaki Kinoshita, Asako Mitsuhashi, Makiko Maruyama 2015
Originally Published by ASK Publishing CO., Ltd., Tokyo Japan 2015

Copyright 2016 by Cosmos Culture Ltd.

出 版 日 期	2016年9月
	初版一刷　160101
郵 撥 帳 號	**1998-6200**
	寂天文化事業股份有限公司

・劃撥金額600元（含）以上者，郵資免費。
・訂購金額600元以下者，請外加郵資65元。
　〔若有破損，請寄回更換，謝謝。〕

國家圖書館出版品預行編目(CIP)資料

樂學情境日語：日文語彙力UP! / 木下謙朗, 三
橋麻子, 丸山真貴子著；胡玉菲譯. -- 初版.
-- 〔臺北市〕：寂天文化, 2016. 09
　　面；　公分

ISBN 978-986-318-494-2　（平裝附光碟片）

1. 日語 2. 詞彙

803.12　　　　　　　　　　　105016228

別冊 もくじ

① 電子レンジでチンする ―料理―

本冊 P.14-15

	1	**① 調理器具・調理方法** 烹飪道具・烹飪方法				
🔊	2	電子レンジ	でんし-レンジ	名	N3	微波爐
🔊	3	温める	あたためる	動	N3	加熱，使…變熱
🔊	4	加熱〈する〉	かねつ〈する〉	名/動	N2	加熱
🔊	5	チンする		動	–	用微波爐加熱
🔊	6	炊飯器	すいはんき	名	N3	電鍋
🔊	7	ご飯	ごはん	名	N5	飯，米飯
🔊	8	炊く	たく	動	N2	煮（飯）
🔊	9	なべ		名	N3	鍋
🔊	10	ゆでる		動	N2	（用熱水）煮，燙
🔊	11	煮る	にる	動	N2	煮
🔊	12	煮込む	にこむ	動	–	燉，熬煮
🔊	13	蒸す	むす	動	N2	蒸
🔊	14	フライパン		名	N3	平底鍋
🔊	15	焼く	やく	動	N4	煎，烤
🔊	16	炒める	いためる	動	N2	炒
🔊	17	揚げる	あげる	動	N3	炸
🔊	18	ガスコンロ		名	–	瓦斯爐
🔊	19	オーブン		名	N3	烤箱
🔊	20	まな板	まないた	名	N3	砧板
🔊	21	包丁	ほうちょう	名	N3	菜刀
🔊	22	切る	きる	動	N5	切，剁
🔊	23	皮	かわ	名	N3	皮
🔊	24	むく		動	N2	剝，去（皮）
🔊	25	みじん切り	みじん-ぎり	名	–	切碎
🔊	26	乱切り	らん-ぎり	名	–	切成不規則形狀
🔊	27	千切り	せん-ぎり	名	–	切成細絲
🔊	28	輪切り	わ-ぎり	名	–	切成圓片
🔊	29	ピーラー		名	–	削皮器
🔊	30	計量カップ	けいりょう-カップ	名	–	量杯
🔊	31	計量スプーン	けいりょう-スプーン	名	–	量匙
🔊	32	量る	はかる	動	N2	量，測量

	33	**② 調味料・味** 調味料・味道				
🔊	34	しょっぱい		い形	N3	鹹
🔊	35	辛い	からい	い形	N4	辣
🔊	36	すっぱい		い形	N3	酸
🔊	37	甘い	あまい	い形	N4	甜
🔊	38	塩	しお	名	N5	鹽

🔊	39	タバスコ		名	–	塔巴斯哥辣椒醬
🔊	40	酢	す	名	N3	醋
🔊	41	砂糖	さとう	名	N5	白砂糖
🔊	42	みりん		名	–	味醂，甜味米酒
🔊	43	しょうゆ		名	N4	醬油
🔊	44	みそ		名	N4	味噌
🔊	45	酒	さけ	名	N3	酒
🔊	46	だし（汁）	だし（-じる）	名	–	湯汁，高湯（用海帶、鰹魚乾等熬出的）
🔊	47	コショウ		名	N4	胡椒
🔊	48	ソース		名	N4	醬汁
🔊	49	ケチャップ		名	N4	番茄醬
🔊	50	マヨネーズ		名	N4	美奶滋
🔊	51	入れる	いれる	動	N4	放入，添加
🔊	52	加える	くわえる	動	N2	添加，加入
🔊	53	混ぜる	まぜる	動	N3	攪拌，混合
🔊	54	かける		動	N2	塗（醬料）

🔊 55 **◆下線に入ることばをかえてみよう** 替換練習

🔊	56	肉	にく	名	N5	肉
🔊	57	ジャガイモ		名	N4	馬鈴薯
🔊	58	キュウリ		名	N4	黃瓜，小黃瓜
🔊	59	ニンジン		名	N4	胡蘿蔔
🔊	60	リンゴ		名	N4	蘋果
🔊	61	キャベツ		名	N4	高麗菜
🔊	62	玉ネギ	たまネギ	名	N4	洋蔥

🔊 63 **◆さらに表現を広げよう** 擴展知識

🔊	64	火加減	ひ-かげん	名	–	火候
🔊	65	とろ火	とろ-び	名	–	微火，文火
🔊	66	弱火	よわ-び	名	–	小火
🔊	67	中火	ちゅう-び	名	–	中火
🔊	68	強火	つよ-び	名	–	大火
🔊	69	さっと		副	N1	快（炒，煎，炸，燉）
🔊	70	じっくり		副	N1	慢（炒，煎，炸）
🔊	71	小さじ	こ-さじ	名	–	小匙
🔊	72	大さじ	おお-さじ	名	–	大匙
🔊	73	2杯	2-はい	名	N3	2 平匙
🔊	74	少々	しょうしょう	副	N3	少許，稍微
🔊	75	1/2カップ	にぶんのいち-カップ	名	–	1/2 個量杯

◆ 料理の作り方を説明してみよう
説明料理的製作方法

▶ （材料） を （大きさ・形） に切っておきます。
先把（材料）切成（大小／形狀）。

▶ （材料） を （切り方） にしておきます。
先用（切法）把（材料）切好。

▶ （材料） を （調理器具） で （調理方法）。
把（材料）用（烹飪道具）（烹飪方法）。

▶ （温度・火加減） で （調理方法）。
用（温度／火候）（烹飪方法）。

▶ （調味料） を （分量） 入れます／加えます。
加入（用量）的（調味料）。

② 寒気<ruby>さ<rt>さ</rt></ruby>がする　―病気・症状―

② 寒気<ruby>さむ<rt>さむ</rt></ruby><ruby>け<rt>け</rt></ruby>がする　―<ruby>病気<rt>びょうき</rt></ruby>・<ruby>症状<rt>しょうじょう</rt></ruby>―

本冊 P.22-23

🔊	1	**① <ruby>病気<rt>びょうき</rt></ruby>・<ruby>症状<rt>しょうじょう</rt></ruby>** 疾病・症狀			
🔊	2	風邪	かぜ	名	N5	感冒
🔊	3	ひく		動	N5	患（感冒）
🔊	4	インフルエンザ		名	N3	流感
🔊	5	かかる		動	N3	患（流感）
🔊	6	頭	あたま	名	N5	頭
🔊	7	のど		名	N4	喉嚨
🔊	8	痛い	いたい	い形	N5	疼，痛
🔊	9	くしゃみ		名	N3	噴嚏
🔊	10	出る	でる	動	N5	打（噴嚏），發（燒），咳（嗽），有（痰）
🔊	11	体	からだ	名	N5	身體
🔊	12	全身	ぜんしん	名	N2	全身
🔊	13	だるい		い形	N2	疲乏無力
🔊	14	下痢	げり	名	N3	拉肚子，腹瀉
🔊	15	便秘	べんぴ	名	N1	便秘
🔊	16	お腹	おなか	名	N5	肚子
🔊	17	壊す	こわす	動	N4	吃壞（肚子）
🔊	18	せき		名	N3	咳嗽
🔊	19	たん		名	－	痰
🔊	20	熱	ねつ	名	N5	（發）燒
🔊	21	高熱	こうねつ	名	N1	高燒
🔊	22	熱っぽい	ねつ-っぽい	－	N3	感覺在發燒
🔊	23	寒気	さむ-け	名	N2	發冷，畏寒
🔊	24	ゾクゾクする		動	－	陣陣發冷，打寒戰
🔊	25	鼻水	はなみず	名	N3	鼻涕
🔊	26	つまる		動	N3	（鼻）塞
🔊	27	めまい		名	N1	頭暈，眼花
🔊	28	クラクラする		動	－	眼花，暈眩
🔊	29	食欲	しょくよく	名	N3	食欲
🔊	30	気持ち（が）悪い	きもち（が）わるい	い形	N4	噁心，不舒服
🔊	31	吐き気	はき-け	名	N2	噁心，有要嘔吐的感覺
🔊	32	吐く	はく	動	N2	吐，嘔吐
🔊	33	けが		名	N4	傷
🔊	34	手	て	名	N5	手
🔊	35	はれる		動	N1	腫
🔊	36	やけど		名	N3	燙傷，燒傷
🔊	37	腕	うで	名	N4	手臂

🔊	38	骨	ほね	名	N3	骨頭
🔊	39	折れる	おれる	動	N3	折，斷
🔊	40	指	ゆび	名	N4	手指
🔊	41	切れる	きれる	動	N3	劃破，劃傷
🔊	42	血	ち	名	N4	血
🔊	43	ひざ		名	N3	膝蓋
🔊	44	すりむく		動	N2	磨破，破皮
🔊	45	足首	あしくび	名	N3	腳踝
🔊	46	ひねる		動	N3	扭（傷）
🔊	47	アレルギー		名	N3	過敏
🔊	48	花粉症	かふんしょう	名	–	花粉症
🔊	49	湿疹	しっしん	名	–	濕疹
🔊	50	じんましん		名	–	蕁麻疹
🔊	51	目	め	名	N5	眼睛
🔊	52	かゆい		い形	N3	癢

🔊 53 **❷ 治療・予防** _{ちりょう・よぼう} 治療・預防

🔊	54	飲み薬	のみ-ぐすり	名	–	內服藥
🔊	55	塗り薬	ぬり-ぐすり	名	–	外用藥，外敷藥
🔊	56	塗る	ぬる	動	N3	塗
🔊	57	目薬	め-ぐすり	名	N3	眼藥
🔊	58	さす		動	N3	滴（眼藥）
🔊	59	カプセル		名	–	膠囊
🔊	60	粉薬	こな-ぐすり	名	–	藥粉
🔊	61	錠剤	じょうざい	名	–	藥錠
🔊	62	鎮痛剤	ちんつう-ざい	名	–	止疼藥
🔊	63	解熱剤	げねつ-ざい	名	–	退燒藥
🔊	64	ビタミン剤	ビタミン-ざい	名	–	維生素劑，維他命劑
🔊	65	下痢止め	げり-どめ	名	–	止瀉
🔊	66	せき止め	せき-どめ	名	–	止咳
🔊	67	痛み止め	いたみ-どめ	名	–	止疼
🔊	68	かゆみ止め	かゆみ-どめ	名	–	止癢
🔊	69	注射	ちゅうしゃ	名	N2	注射
🔊	70	打つ	うつ	動	N3	打（針／點滴）
🔊	71	点滴	てんてき	名	–	點滴
🔊	72	うがい		名	N3	漱口
🔊	73	睡眠	すいみん	名	N2	（睡）覺，睡眠
🔊	74	手洗い	てあらい	名	N2	洗手
🔊	75	マスク		名	N2	口罩
🔊	76	栄養	えいよう	名	N3	營養
🔊	77	ビタミン		名	N2	維生素，維他命

🔊	78	水分	すいぶん	名	N2	水分
🔊	79	とる		動	N3	睡（覺），攝取（營養／維他命／水分）
🔊	80	処方せん	しょほうせん	名	–	處方箋
🔊	81	薬	くすり	名	N5	藥
🔊	82	診察〈する〉	しんさつ〈する〉	名/動	N2	看病，就診
🔊	83	受ける	うける	動	N4	接受（檢查）
🔊	84	診察室	しんさつ-しつ	名	–	診療室
🔊	85	保険証	ほけん-しょう	名	–	保險卡，保險憑證
🔊	86	診察券	しんさつ-けん	名	–	掛號憑證，掛號單

🔊 87 **◆下線に入ることばをかえてみよう**
　　　替換練習

🔊	88	下痢気味	げり-ぎみ	–	N2	有點（拉肚子）

🔊 89 **◆ことばを言いかえてみよう** 　替換表達方式

🔊	90	頭痛	ず-つう	名	N3	頭痛，頭疼
🔊	91	腹痛	ふく-つう	名	N2	肚子疼
🔊	92	骨折〈する〉	こっせつ〈する〉	名/動	N2	骨折
🔊	93	ねんざ〈する〉		名/動	N1	扭，扭傷
🔊	94	処方〈する〉	しょほう〈する〉	名/動	N1	處方／開藥
🔊	95	服用〈する〉	ふくよう〈する〉	名/動	–	服用
🔊	96	通院〈する〉	つういん〈する〉	名/動	N2	去醫院

◆症状を説明してみよう 　説明症狀

▶ （症状）がするんです。　有～（症狀）。

▶ （症状）が出るんです。　出現（症狀）。

▶ （体の部位）が痛いんです。　（身體的部位）疼痛。

▶ （体の部位）がだるいんです。
　（身體的部位）疲乏无力。

▶ （けが）してしまったんです。　受（傷）。

▶ （病気・症状）気味なんです。　有點（症狀）。

▶ （治療・予防）てください／ようにしてください。
　／ 做好（治療・預防）。

③ カジュアルな感じ —服選び—

🔊 1　**❶ 服装のイメージ・印象**　服装様式・印象

🔊	2	明るい	あかるい	い形	N5	明亮，有活力
🔊	3	派手（な）	はで（な）	な形	N3	花俏，豔麗，招搖
🔊	4	暗い	くらい	い形	N5	暗淡，沉悶
🔊	5	地味（な）	じみ（な）	な形	N3	樸素
🔊	6	シンプル(な)		な形	N2	簡單，簡樸
🔊	7	ラフ（な）		な形	N1	隨意
🔊	8	カジュアル(な)		な形	N2	休閒
🔊	9	スポーティー(な)		な形	N1	輕便運動風
🔊	10	かわいい		い形	N5	可愛
🔊	11	優しい	やさしい	い形	N4	溫和
🔊	12	上品（な）	じょうひん（な）	な形	N3	典雅，高貴
🔊	13	柔らか（な）	やわらか（な）	な形	N3	柔和
🔊	14	さわやか(な)		な形	N3	清爽
🔊	15	落ち着いた	おちついた	動	N3	穩重
🔊	16	男らしい	おとこ-らしい	–	N3	有男子氣概的
🔊	17	女らしい	おんな-らしい	–	N3	有女人味的
🔊	18	大人っぽい	おとな-っぽい	–	N3	成熟，像模像樣的
🔊	19	子どもっぽい	こども-っぽい	–	N3	幼稚，孩子氣的

🔊 20　**❷ 素材など**　材質・布料等

🔊	21	軽い	かるい	い形	N5	輕
🔊	22	薄い	うすい	い形	N5	薄
🔊	23	薄手	うす-で	名	–	（厚度）薄
🔊	24	厚い	あつい	い形	N5	厚
🔊	25	厚手	あつ-で	名	–	（厚度）厚
🔊	26	丈夫（な）	じょうぶ（な）	な形	N3	結實
🔊	27	破れにくい	やぶれ-にくい	–	N3	不容易破，結實
🔊	28	耐久性	たいきゅう-せい	名	N1	耐久性
🔊	29	着やすい	き-やすい	–	N4	好穿，穿起來很舒適
🔊	30	動きやすい	うごき-やすい	–	N4	穿著行動很方便
🔊	31	歩きやすい	あるき-やすい	–	N4	好走，穿著走起來舒服
🔊	32	伸縮性	しんしゅく-せい	名	N1	伸縮性
🔊	33	ストレッチ性	ストレッチ-せい	名	N1	彈性，伸縮性
🔊	34	保温性	ほおん-せい	名	N1	保暖性
🔊	35	通気性	つうき-せい	名	N1	透氣性
🔊	36	吸水性	きゅうすい-せい	名	N1	吸水性
🔊	37	肌触り	はだざわり	名	N1	肌膚觸感
🔊	38	着心地	きごこち	名	N1	穿著的感覺

	39	❸ サイズ	尺寸			
🔊	40	首周り	くび-まわり	名	–	領圍
🔊	41	丈	たけ	名	N1	尺寸，長短
🔊	42	袖	そで	名	N1	袖子
🔊	43	股上	またがみ	名	–	褲襠
🔊	44	深い	ふかい	い形	N4	深
🔊	45	浅い	あさい	い形	N4	淺
🔊	46	ひざ上	ひざ-うえ	名	–	膝蓋以上
🔊	47	ひざ下	ひざ-した	名	–	膝蓋以下
🔊	48	すそ		名	N1	下襬
🔊	49	かかと		名	N1	腳後跟，鞋後跟
🔊	50	ヒール		名	–	鞋跟
🔊	51	ウエスト		名	N3	腰圍
🔊	52	バスト		名	N3	胸圍
🔊	53	ヒップ		名	N3	臀圍
🔊	54	きつい		い形	N3	緊
🔊	55	ゆるい		い形	N3	鬆

	56	❹ 柄（がら）	花紋・圖樣			
🔊	57	チェック		名	N1	格子
🔊	58	花柄	はな-がら	名	N2	花的圖案
🔊	59	水玉（模様）	みずたま（-もよう）	名	N2	圓點
🔊	60	ストライプ		名	N1	直條紋，斜條紋
🔊	61	ボーダー		名	N1	橫條紋
🔊	62	無地	むじ	名	N3	素色
🔊	63	絵が付いた	えがついた	–	N4	有～（圖案）

	64	❺ 服の種類（ふく しゅるい）	服裝類型			
🔊	65	コート		名	N5	大衣，外套
🔊	66	上着	うわぎ	名	N4	外衣，上衣
🔊	67	ジャケット		名	N3	夾克
🔊	68	カーディガン		名	N3	針織衫
🔊	69	セーター		名	N5	毛衣
🔊	70	パーカー		名	N2	連帽衫
🔊	71	トレーナー		名	N2	運動衣
🔊	72	シャツ		名	N5	襯衫
🔊	73	ブラウス		名	N2	女式襯衫
🔊	74	Ｔシャツ		名	N5	T 恤衫
🔊	75	ポロシャツ		名	–	POLO 衫，網球衫
🔊	76	カットソー		名	–	針織套頭衫，打底衫

	77	キャミソール		名	–	女性吊帶內衣
	78	ワンピース		名	N3	連身裙
	79	パジャマ		名	N3	睡衣
	80	スポーツウェア		名	–	運動服
	81	ジャージ		名	–	運動夾克套裝
	82	スーツ		名	N3	西裝
	83	パンツ		名	N3	褲子，內褲
	84	ズボン		名	N5	褲子
	85	短パン	たん–パン	名	–	短褲
	86	長ズボン	なが–ズボン	名	–	長褲
	87	ジーンズ		名	N3	牛仔褲
	88	ジーパン		名	N3	牛仔褲
	89	スカート		名	N5	裙子
	90	ミニスカート		名	–	迷你短裙
	91	ロングスカート		名	–	長裙
	92	タイツ		名	–	褲襪
	93	ストッキング		名	N2	絲襪
	94	靴下	くつした	名	N5	襪子
	95	ブーツ		名	N1	靴子
	96	革靴	かわ–ぐつ	名	N2	皮鞋
	97	スニーカー		名	N3	輕便運動鞋
	98	パンプス		名	–	女式淺口皮鞋
	99	サンダル		名	N3	涼鞋

100 ◆ 下線(かせん)に入(はい)ることばをかえてみよう 替換練習

	101	派手すぎる	はで–すぎる	–	N4	過於（花俏）
	102	派手すぎない	はで–すぎない	–	N4	不過分（花俏）
	103	感じがする	かんじがする	–	N3	～感覺
	104	印象を与える	いんしょうをあたえる	–	N3	～給人…印象
	105	優れている	すぐれている	動	N2	（……方面）很好，很出色
	106	大きめ	おおき–め	名	N3	稍微（大）一點的
	107	調整〈する〉	ちょうせい〈する〉	名/動	N2	調整
	108	伸ばす	のばす	動	N2	放大，放長
	109	詰める	つめる	動	N3	縮小，縮短

110 ◆ ことばを言(い)いかえてみよう 替換的表達方式

	111	飾らない	かざらない	動	N3	不加修飾
	112	簡素（な）	かんそ（な）	な形	N1	樸素，簡樸
	113	清潔感がある	せいけつかんがある	–	N2	清爽，簡潔

🔊	114	洗練された	せんれんされた	動	– 考究
🔊	115	清楚（な）	せいそ（な）	な形	N2 清秀，秀麗，整潔
🔊	116	目立つ	めだつ	動	N3 引人注目，高調
🔊	117	華やか（な）	はなやか（な）	な形	N1 顯眼，靚麗，華貴
🔊	118	ゴージャス（な）		な形	– 豪華，高貴
🔊	119	目立たない	めだたない	動	N3 低調，不引人注目
🔊	120	控えめ（な）	ひかえめ（な）	な形	N1 低調，含蓄
🔊	121	ゆるゆる		副	N1 寬鬆，寬大
🔊	122	ブカブカ		副	N1 肥大，寬鬆
🔊	123	きつきつ		副	N1 緊繃
🔊	124	ぴったり		副	N3 貼身

◆ 店員にほしい服のイメージ・素材・サイズなどを説明してみよう

向店員説明自己想要的服裝樣式、材質、尺寸等

▶ すみません、試着してみてもいいですか／試着してみたいんですが……／試着させてください。

不好意思，我可以試穿一下嗎？／我想試穿一下……。／請讓我試穿一下。

▶ 少し／ちょっと／思ったより（イメージ・素材・サイズ）ような……。
～～～

我想要稍微類似（樣式、材質、尺寸）的……。

▶ もう少し／もうちょっと（イメージ・素材・サイズ）ものはありますか。
～

有沒有再稍微（樣式、材質、尺寸）的呢？

▶ じゃあ、これをください。／これにします。／これをお願いします。

我要這個。／我買這個。／請給我這個吧。

▶ うーん、ちょっと……。／やっぱり、イメージに合わないような……。／うーん、ちょっと、ほかのも見てみます。／やっぱり、今日はやめておきます。／また来ます。
～

嗯……，不怎麼喜歡。／還是和我想像的有點不一樣。／嗯……，我再看看其他的。／今天還是不買了。／我會再來的。

④ 発想力が豊か　―性格―

はっそうりょく　ゆた　　　　　　せいかく

1　＜性格を表すことば＞　表示性格的詞彙

せいかく　あらわ

2	明るい	あかるい	い形	N5	開朗，積極向上
3	暗い	くらい	い形	N5	陰暗
4	楽観的（な）	らっかん-てき（な）	な形	N1	樂觀
5	悲観的（な）	ひかん-てき（な）	な形	N1	悲觀
6	プラス思考	プラス-しこう	名	–	正面的想法，正能量
7	マイナス思考	マイナス-しこう	名	–	消極的想法，負能量
8	ポジティブ(な)		な形	–	正面，積極
9	ネガティブ(な)		な形	–	消極，負面
10	積極的（な）	せっきょく-てき（な）	な形	N3	積極，主動
11	消極的（な）	しょうきょく-てき（な）	な形	N3	消極，被動
12	社交的（な）	しゃこう-てき（な）	な形	N1	善於交際，外向
13	内向的（な）	ないこう-てき（な）	な形	–	內向，靦腆
14	目立ちたがり屋	めだちたがり-や	名	–	引人注目的話題人物
15	恥ずかしがり屋	はずかしがり-や	名	–	害羞，靦腆
16	優柔不断(な)	ゆうじゅうふだん（な）	な形	N1	優柔寡斷
17	優しい	やさしい	い形	N4	溫柔，和藹
18	厳しい	きびしい	い形	N4	嚴格
19	温かい	あたたかい	い形	N4	溫暖
20	冷たい	つめたい	い形	N4	冷漠
21	心が広い	こころがひろい	–	N2	心胸寬廣
22	心が狭い	こころがせまい	–	N2	心胸狹隘
23	親切（な）	しんせつ（な）	な形	N5	親切
24	意地悪（な）	いじわる（な）	な形	N3	壞心眼，刁難人
25	正直（な）	しょうじき（な）	な形	N3	正直
26	ひねくれている		動	–	固執，剛愎自用
27	面倒見がいい	めんどうみがいい	–	N2	會照顧人
28	協調性がある	きょうちょうせいがある	–	N1	有協調能力，善於與人合作
29	自己中心的(な)	じこちゅうしん-てき(な)	な形	N1	以自我為中心
30	がんばり屋	がんばり-や	名	–	很努力的人
31	努力家	どりょく-か	名	–	很努力的人
32	面倒くさがり屋	めんどくさがり-や	名	–	怕麻煩
33	なまけもの		名	–	懶惰，懶人
34	真面目（な）	まじめ（な）	な形	N3	認真
35	不真面目(な)	ふまじめ（な）	な形	N3	不認真
36	几帳面（な）	きちょうめん（な）	な形	N1	一絲不苟，嚴謹
37	おおざっぱ(な)		な形	N2	粗枝大葉，神經大條
38	落ち着きがある	おちつきがある	–	N2	沉著冷靜，穩重

🔊	39	落ち着きがない	おちつきがない	–	N2 不沉著，不淡定
🔊	40	冷静（な）	れいせい（な）	な形	N2 冷靜
🔊	41	大人っぽい	おとな-っぽい	–	N3 像個大人樣
🔊	42	子どもっぽい	こども-っぽい	–	N3 孩子氣
🔊	43	のんびりしている		動	N2 無憂無慮，悠閒自在
🔊	44	せっかち(な)		な形	– 急性
🔊	45	短気（な）	たんき（な）	な形	N2 性急，沒耐心
🔊	46	八方美人	はっぽうびじん	名	– 八面玲瓏
🔊	47	リーダーシップがある		–	N1 有領導能力
🔊	48	忍耐強い	にんたい-づよい	い形	N1 堅韌不拔，很有耐性
🔊	49	我慢強い	がまん-づよい	い形	N2 頑強，忍得住
🔊	50	粘り強い	ねばり-づよい	い形	N1 堅忍不拔，頑強
🔊	51	向上心がある	こうじょうしんがある	–	N1 有上進心
🔊	52	行動力がある	こうどうりょくがある	–	N2 有行動力
🔊	53	責任感がある	せきにんかんがある	–	N2 有責任感
🔊	54	自主性がある	じしゅせいがある	–	N1 有自主性
🔊	55	しっかりしている	しっかりしている	動	N3 踏實，穩重
🔊	56	計画的（な）	けいかく-てき（な）	な形	N3 有計劃性的
🔊	57	視野が広い	しやがひろい	–	N1 視野寬闊，見多識廣
🔊	58	独創的（な）	どくそう-てき（な）	な形	N1 有獨創性
🔊	59	個性的（な）	こせい-てき（な）	な形	N1 有個性
🔊	60	好奇心旺盛(な)	こうきしんおうせい（な）	な形	N1 充滿好奇心
🔊	61	ユーモアがある		–	N2 幽默，有幽默感
🔊	62	面白い	おもしろい	い形	N4 有趣
🔊	63	発想力が豊か	はっそうりょくがゆたか	–	N1 想像力豐富
🔊	64	ロマンチスト(な)		な形	N1 浪漫

🔊 65 **◆ 意味が似ていることばをまとめて、増やそう** 相近的詞彙

🔊	66	思いやりがある	おもいやりがある	–	N2 體諒人，善解人意，有同理心
🔊	67	前向き（な）	まえむき（な）	な形	– 積極向上
🔊	68	落ち着いている	おちついている	動	N3 冷靜，沉穩，心平氣和
🔊	69	頑固（な）	がんこ（な）	な形	N1 頑固，固執
🔊	70	心配性	しんぱい-しょう	名/な形	N2 愛操心
🔊	71	おとなしい		い形	N3 老實，乖，溫順
🔊	72	人見知り	ひとみしり	名	– 怕生
🔊	73	照れ屋	てれ-や	名	– 害羞，靦腆
🔊	74	気が短い	きがみじかい	–	N2 性子急
🔊	75	怒りっぽい	おこり-っぽい	–	N3 易怒，暴躁
🔊	76	自分勝手(な)	じぶんかって（な）	な形	N1 任性，隨便
🔊	77	わがまま(な)		な形	N3 任性
🔊	78	マイペース(な)		な形	N1 我行我素

🔊	79	だらしない		い形	N2	散漫，懶散
🔊	80	ルーズ（な）		な形	N1	吊兒郎當，鬆懈
🔊	81	飽きっぽい	あき-っぽい	–	N2	容易生厭，沒恆心
🔊	82	素直（な）	すなお（な）	な形	N3	率直，聽話
🔊	83	裏表がない	うらおもてがない	–	–	表裡如一
🔊	84	誠実（な）	せいじつ（な）	な形	N1	誠實

◆ 性格について話してみよう
談談性格

▶ 私は （性格） と思います。
我很（性格）。

▶ 私は （性格） ほうです。
我比較（性格）。

▶ 私は （人） から （いい性格） と言われます。
大家）都說我（積級向上的性格）。

▶ 私は （悪い性格） ところがあります。
我也比較（消極的性格）。

⑤ 2LDK の高層マンション ―家探し―

本冊
P.46-47

🔊 1 ❶ 物件探し

🔊	2	不動産屋	ふどうさん-や	名	N1	房地産公司
🔊	3	建物	たてもの	名	N4	建築，房子
🔊	4	種類	しゅるい	名	N3	種類
🔊	5	20階建て	20かい-だて	名	N3	（20層）高建築
🔊	6	高層	こうそう	名	N2	高樓，大廈
🔊	7	マンション		名	N4	高級公寓
🔊	8	アパート		名	N5	普通公寓
🔊	9	一戸建て	いっこ-だて	名	N2	獨門獨戶的樓房
🔊	10	入居〈する〉	にゅうきょ〈する〉	名/動	N1	入住，搬進
🔊	11	時期	じき	名	N2	時期，季節
🔊	12	即	そく	副	N1	立刻，馬上
🔊	13	退去〈する〉	たいきょ〈する〉	名/動	N1	離開，搬走
🔊	14	退去待ち	たいきょ-まち	名	-	等前戶搬離
🔊	15	立地	りっち	名	-	地理位置
🔊	16	山手線	やまのて-せん	名	N3	（山手）線
🔊	17	沿線	えんせん	名	N1	沿線
🔊	18	周辺	しゅうへん	名	N2	周邊
🔊	19	最寄り	もより	名	N1	最近，附近
🔊	20	徒歩	とほ	名	N2	徒步，步行
🔊	21	賃貸	ちんたい	名	N2	出租，租賃
🔊	22	費用	ひよう	名	N2	費用
🔊	23	家賃	やちん	名	N3	房租
🔊	24	共益費	きょうえき-ひ	名	-	公共物業管理費
🔊	25	管理費	かんり-ひ	名	-	管理費
🔊	26	築年数	ちくねんすう	名	-	建造年數
🔊	27	築10年	ちく10ねん	名	N2	（10年）房齡
🔊	28	新築	しんちく	名	N2	新建，新建的房屋
🔊	29	設備	せつび	名	N2	設備
🔊	30	オートロック		名	-	自鎖門禁
🔊	31	家具	かぐ	名	N2	傢俱
🔊	32	家電	かでん	名	-	家電
🔊	33	エアコン		名	N4	空調
🔊	34	エアコン付き	エアコン-つき	名	N3	帶（空調）
🔊	35	バス		名	N1	浴室
🔊	36	トイレ		名	N5	廁所
🔊	37	別	べつ	名	N3	分開
🔊	38	ユニットバス		名	-	一體式衛浴室

🔊	39	ベランダ		名	N3	陽臺
🔊	40	バルコニー		名	–	露臺，天臺
🔊	41	庭	にわ	名	N5	院子
🔊	42	駐車場	ちゅうしゃじょう	名	N4	停車場
🔊	43	南向き	みなみ-むき	名	–	朝南
🔊	44	日当たり	ひあたり	名	N1	日照，向陽
🔊	45	ペット		名	N5	寵物
🔊	46	ペット可	ペット-か	名	N2	可以（養寵物）
🔊	47	間取り	まどり	名	–	（房屋）平面圖
🔊	48	ワンルーム		名	–	一室戶，單身公寓
🔊	49	部屋	へや	名	N5	房間
🔊	50	キッチン		名	N3	廚房
🔊	51	ダイニングキッチン		名	–	廚房兼餐廳

🔊 52 **② 契約の流れ** (けいやく の ながれ)

🔊	53	内覧〈する〉	ないらん〈する〉	名/動	–	參觀，預覽
🔊	54	申し込む	もうしこむ	動	N3	申請
🔊	55	入居審査	にゅうきょ-しんさ	名	–	入住審查
🔊	56	受ける	うける	動	N4	接受
🔊	57	契約〈する〉	けいやく〈する〉	名/動	N2	合約／簽合約
🔊	58	更新〈する〉	こうしん〈する〉	名/動	N2	更新
🔊	59	初期費用	しょき-ひよう	名	–	初期費用
🔊	60	敷金	しき-きん	名	–	押金
🔊	61	礼金	れい-きん	名	–	禮金
🔊	62	仲介手数料	ちゅうかい-てすうりょう	名	–	仲介手續費
🔊	63	前家賃	まえ-やちん	名	–	預付房租
🔊	64	火災保険料	かさい-ほけんりょう	名	–	火災保險費
🔊	65	鍵	かぎ	名	N5	鑰匙
🔊	66	交換費	こうかん-ひ	名	–	換（鎖）費用
🔊	67	書類	しょるい	名	N2	文件
🔊	68	住民票	じゅうみん-ひょう	名	–	居民戶籍資訊，住民票
🔊	69	所得証明書	しょとく-しょうめいしょ	名	–	收入證明
🔊	70	保証人承諾書	ほしょうにん-しょうだくしょ	名	–	擔保人承諾書
🔊	71	印鑑証明書	いんかん-しょうめいしょ	名	–	印章證明

🔊 72 **◆ 下線に入ることばをかえてみよう** (かせん に はいる) 替換練習

🔊	73	探す	さがす	動	N3	找
🔊	74	とる		動	N2	開具（證明）
🔊	75	払う	はらう	動	N4	支付，付

🔊 76 **◆ ことばを言いかえてみよう** (い) 替換表達方式

🔊	77	付いている	ついている	動	N3	〜附帯
🔊	78	含まれている	ふくまれている	動	N2	包含，含
🔊	79	管理費込み	かんりひーこみ	名	N2	含（管理費）
🔊	80	要らない	いらない	動	N5	不需要
🔊	81	不要	ふよう	名	N2	不需要

🔊 82 ◆ 間取り図の記号
（まどずきごう）

🔊	83	リビング		名	N2	客廳，起居室
🔊	84	居間	いま	名	N2	客廳，起居室
🔊	85	台所	だいどころ	名	N5	廚房
🔊	86	クローゼット		名	–	洋式壁櫥，衣帽間
🔊	87	収納	しゅうのう	名	–	收納
🔊	88	玄関	げんかん	名	N3	玄關
🔊	89	浴室	よく-しつ	名	N1	浴室
🔊	90	和室	わ-しつ	名	N3	日式房間（榻榻米房間）
🔊	91	6帖	6-じょう	名	–	（6）榻榻米（日式房間大小的計量方式，約10㎡）
🔊	92	洋室	よう-しつ	名	N3	西式房間（地板房間）

◆ 探している物件の条件を言ってみよう
（さがしている ぶっけん じょうけん い）

描述自己對理想住房的需求

▶ （立地） で、（間取り） の物件を探しています。
（りっち）　（まど）　　（ぶっけん さが）

我在找位於（地理位置），（平面圖、大小）的房子。

▶ （条件） のところを希望しています。
（じょうけん）　　　　（きぼう）

我希望（條件）。

▶ できれば、（条件） がいいです。
　　　　　（じょうけん）

可能的話，最好（條件）。

▶ （条件） ても／でもいいです。
（じょうけん）

如果（條件）的話也可以。

6 価値観が合う人 ―結婚―

1 ❶ 結婚相手の条件　擇偶條件

	No.	語	読み	品詞	レベル	意味
🔊	2	性格	せいかく	名	N2	性格
🔊	3	優しい	やさしい	い形	N4	溫柔體貼
🔊	4	冷たい	つめたい	い形	N4	冷漠
🔊	5	明るい	あかるい	い形	N5	開朗
🔊	6	暗い	くらい	い形	N5	陰鬱，陰暗
🔊	7	おとなしい		い形	N3	老實，安靜，穩重
🔊	8	うるさい		い形	N3	囉嗦，麻煩
🔊	9	真面目（な）	まじめ（な）	な形	N3	認真
🔊	10	不真面目(な)	ふまじめ（な）	な形	N3	不認真
🔊	11	誠実（な）	せいじつ（な）	な形	N1	誠實
🔊	12	不誠実（な）	ふせいじつ（な）	な形	N1	不誠實
🔊	13	おおらか(な)		な形	N1	落落大方，豁達
🔊	14	神経質（な）	しんけいしつ（な）	な形	N1	神經質
🔊	15	気が長い	きがながい	–	N2	慢性子
🔊	16	気が短い	きがみじかい	–	N2	急性子
🔊	17	気が利く	きがきく	–	N2	細心，聰穎
🔊	18	面倒見がいい	めんどうみがいい	–	N2	會照顧人
🔊	19	思いやりがある	おもいやりがある	–	N2	善解人意
🔊	20	わがまま(な)		な形	N3	任性
🔊	21	包容力がある	ほうようりょくがある	–	N1	大度，寬容
🔊	22	頼りがいがある	たよりがいがある	–	N1	可靠，值得依靠
🔊	23	嘘をつかない	うそをつかない	–	N2	不說謊
🔊	24	束縛しない	そくばくしない	動	N1	不束縛
🔊	25	気前がいい	きまえがいい	–	N1	氣度大，慷慨大方
🔊	26	お金に細かい	おかねにこまかい	い形	N2	精打細算
🔊	27	相性	あいしょう	名	N2	緣分，投（緣）
🔊	28	合う	あう	動	N2	合適，合得來
🔊	29	価値観	かちかん	名	N1	價值觀
🔊	30	好み	このみ	名	N3	喜好，口味
🔊	31	趣味	しゅみ	名	N3	愛好
🔊	32	共通	きょうつう	名	N2	共同
🔊	33	見た目	みため	名	N2	外表，看起來
🔊	34	外見	がいけん	名	N2	外表，外貌
🔊	35	顔	かお	名	N5	臉
🔊	36	スタイル		名	N2	風格
🔊	37	ぽっちゃりしている		動	–	微胖，嬰兒肥
🔊	38	身長・背	しんちょう・せ	名	N4	身高

🔊	39	ハンサム(な)		な形	N3	英俊
🔊	40	美人（な）	びじん（な）	な形	N3	美人，佳麗
🔊	41	かわいい		い形	N5	可愛
🔊	42	経済力	けいざいりょく	名	N2	經濟能力
🔊	43	（お）金持ち	（お）かねもち	名	N4	有錢人
🔊	44	貧乏（な）	びんぼう（な）	な形	N2	窮
🔊	45	年収	ねんしゅう	名	N2	年收入
🔊	46	以上	いじょう	名	N4	～大於，以上
🔊	47	以下	いか	名	N4	～小於，以下
🔊	48	料理	りょうり	名	N5	料理，菜
🔊	49	上手（な）	じょうず（な）	な形	N5	～擅長
🔊	50	下手（な）	へた（な）	な形	N5	～笨拙
🔊	51	尊敬できる	そんけいできる	動	N2	值得尊敬
🔊	52	一緒にいる	いっしょにいる	-	N4	在一起
🔊	53	楽（な）	らく（な）	な形	N2	輕鬆
🔊	54	疲れる	つかれる	動	N4	累，累人
🔊	55	親	おや	名	N2	父母
🔊	56	大切にしてくれる	たいせつにしてくれる	-	N2	愛護，珍惜
🔊	57	子ども好き	こども-ずき	名	N3	愛孩子
🔊	58	浮気	うわき	名	N1	見異思遷，不專一
🔊	59	年上	としうえ	名	N2	年長，（歲數）大
🔊	60	年下	としした	名	N2	年輕，（歲數）小

🔊 61 **②** プロポーズから結婚まで　從求婚到結婚

🔊	62	恋愛〈する〉	れんあい〈する〉	名/動	N1	戀愛／談戀愛
🔊	63	お見合い〈する〉	おみあい〈する〉	名/動	N1	相親
🔊	64	恋愛結婚	れんあい-けっこん	名	N1	戀愛結婚
🔊	65	お見合い結婚	おみあい-けっこん	名	N1	相親結婚
🔊	66	プロポーズ〈する〉		名/動	N2	求婚
🔊	67	受ける	うける	動	N4	接受
🔊	68	断る	ことわる	動	N3	拒絕
🔊	69	婚約〈する〉	こんやく〈する〉	名/動	N2	～婚約／訂婚
🔊	70	結婚〈する〉	けっこん〈する〉	名/動	N4	結婚
🔊	71	夫婦になる	ふうふになる	-	N3	成為夫妻
🔊	72	夫	おっと	名	N4	丈夫
🔊	73	妻	つま	名	N4	妻子
🔊	74	未婚	みこん	名	N1	未婚
🔊	75	既婚	きこん	名	N1	已婚
🔊	76	婚姻届	こんいん-とどけ	名	-	結婚登記申請表
🔊	77	出す	だす	動	N3	提交
🔊	78	籍	せき	名	-	戶籍，戶口

🔊	79	入れる	いれる	動	N3	上（戶口）
🔊	80	入籍〈する〉	にゅうせき〈する〉	名/動	-	入籍，加入戶口
🔊	81	結婚式	けっこん-しき	名	N3	婚禮
🔊	82	挙げる	あげる	動	N3	舉行
🔊	83	挙式〈する〉	きょしき〈する〉	名/動	N1	舉行婚禮儀式
🔊	84	披露宴	ひろうえん	名	-	婚宴
🔊	85	行う	おこなう	動	N4	舉行
🔊	86	神前式	しんぜん-しき	名	-	神社婚禮
🔊	87	教会式	きょうかい-しき	名	-	教堂婚禮
🔊	88	新郎・花婿	しんろう・はなむこ	名	N2	新郎
🔊	89	新婦・花嫁	しんぷ・はなよめ	名	N2	新娘
🔊	90	紋付袴	もんつきはかま	名	-	紋付羽織（男士和服禮服）
🔊	91	白無垢	しろむく	名	-	白無垢（女士和服禮服，婚服）
🔊	92	タキシード		名	-	晚禮服
🔊	93	ウェディングドレス		名	-	婚紗
🔊	94	（ご）祝儀袋	（ご）しゅうぎ-ぶくろ	名	-	祝儀袋（裝禮金的信封）
🔊	95	引き出物	ひきでもの	名	-	（宴客時主人回贈客人的）贈品
🔊	96	離婚〈する〉	りこん〈する〉	名/動	N2	離婚
🔊	97	別れる	わかれる	動	N3	分手
🔊	98	離婚届	りこん-とどけ	名	-	離婚申請表
🔊	99	抜く	ぬく	動	N2	取消，去除
🔊	100	再婚〈する〉	さいこん〈する〉	名/動	N1	再婚

🔊 101 **◆ ことばを言いかえてみよう**　替換表達方式

🔊	102	気が合う	きがあう	-	N2	～合得來，投緣
🔊	103	うまが合う	うまがあう	-	-	合得來，對勁兒，投緣
🔊	104	短気（な）	たんき（な）	な形	N2	性急，沒耐心
🔊	105	怒りっぽい	おこり-っぽい	-	N3	易怒
🔊	106	気配り	き-くばり	名	N1	照料，照顧
🔊	107	心配り	こころ-くばり	名	N1	關心，關懷
🔊	108	自分勝手(な)	じぶんかって（な）	な形	N1	任性，不考慮他人
🔊	109	自己中心的(な)	じこちゅうしん-てき(な)	な形	N1	以自我為中心
🔊	110	心が広い	こころがひろい	-	N2	心胸寬闊，大度
🔊	111	寛容（な）	かんよう（な）	な形	N1	寬容
🔊	112	ぐいぐい		副	N1	連續使勁
🔊	113	引っ張る	ひっぱる	動	N2	拉
🔊	114	リード〈する〉		名/動	N1	帶領
🔊	115	お金にうるさい	おかねにうるさい	い形	N2	錢方面愛嘮叨

◆ 結婚相手の条件を言ってみよう
けっこんあいて　じょうけん　い

説明擇偶條件

▶ （いい条件）　て／で、（いい条件）　人と結婚したいです／一緒になりた
じょうけん　　　　　　じょうけん　　　　ひと　けっこん　　　　　　　　いっしょ
いです。

想和既（積極條件）又（積極條件）的人結婚／在一起。

▶ （悪い条件）　ても／でも、（いい条件）　人と結婚したいです／一緒にな
わる　じょうけん　　　　　　　じょうけん　　　ひと　けっこん　　　　　　　いっしょ
りたいです。

即使是（消極條件）而且（積極條件）的人也想和他結婚／在一起。

▶ （いい条件）　ても／でも、（悪い条件）　人とは
じょうけん　　　　　　　わる　じょうけん　　ひと
結婚したくないです／一緒になりたくないです。
けっこん　　　　　　　　　　いっしょ

即使（積極條件），有（消極條件）的話也不想結婚／在一起。

⑦ 桜が舞う　—季節—

1　**＜春＞** 春天

2	春一番	はるいちばん	名	–	初春第一場較強南風
3	梅	うめ	名	N2	梅花
4	ツクシ		名	–	筆頭菜
5	タンポポ		名	–	蒲公英
6	菜の花	なのはな	名	–	油菜花
7	桜	さくら	名	N4	櫻花
8	お花見	おはなみ	名	N4	賞櫻花
9	イチゴ		名	N4	草莓
10	チョウチョ		名	–	蝴蝶
11	タケノコ		名	–	筍，竹筍
12	新緑	しんりょく	名	–	新綠
13	五月晴れ	さつきばれ	名	–	五月晴，梅雨中的晴天
14	弥生	やよい	名	–	＝三月
15	ひな祭り	ひな-まつり	名	N3	女兒節
16	ホワイトデー		名	–	白色情人節
17	彼岸入り	ひがん-いり	名	–	進入（春分／秋分）的第一天
18	彼岸明け	ひがん-あけ	名	–	（春分／秋分）的最後一天
19	卒業式	そつぎょう-しき	名	N3	畢業典禮
20	卯月	うづき	名	–	＝四月
21	入学式	にゅうがく-しき	名	N3	開學典禮
22	皐月	さつき	名	–	＝五月
23	こどもの日	こどものひ	名	N3	兒童節
24	ゴールデンウィーク		名	N3	黃金週

25　**＜夏＞** 夏天

26	アジサイ		名	–	繡球花
27	梅雨	つゆ	名	N2	梅雨
28	カタツムリ		名	–	蝸牛
29	ヒマワリ		名	–	向日葵
30	セミ		名	–	蟬，知了
31	風鈴	ふうりん	名	–	風鈴
32	花火	はなび	名	N3	煙火
33	かき氷	かきごおり	名	–	刨冰
34	スイカ割り	スイカわり	名	–	打西瓜
35	入道雲	にゅうどう-ぐも	名	–	積雨雲
36	海水浴	かいすいよく	名	N2	海水浴

🔊	37	浴衣	ゆかた	名	N3	浴衣（日式）
🔊	38	ホタル		名	–	螢火蟲
🔊	39	盆踊り	ぼんおどり	名	–	盂蘭盆節舞
🔊	40	水無月	みなづき	名	–	＝六月
🔊	41	文月	ふみづき	名	–	＝七月
🔊	42	七夕	たなばた	名	N3	七夕
🔊	43	暑中見舞い	しょちゅう-みまい	名	–	盛夏的問候
🔊	44	葉月	はづき	名	–	＝八月
🔊	45	夏休み	なつ-やすみ	名	N5	暑假
🔊	46	お盆	おぼん	名	N2	盂蘭盆節
🔊	47	お中元	おちゅうげん	名	N2	中元節

🔊 48 **<秋（あき）>** 秋天

🔊	49	満月	まんげつ	名	N1	滿月
🔊	50	虫の音	むしのね	名	–	蟲吟，蟲鳴
🔊	51	コスモス		名	–	波斯菊
🔊	52	柿	かき	名	–	柿子
🔊	53	栗	くり	名	–	栗子
🔊	54	赤トンボ	あかトンボ	名	–	紅蜻蜓
🔊	55	いわし雲	いわしぐも	名	–	卷積雲
🔊	56	紅葉	もみじ	名	N3	紅葉
🔊	57	台風	たいふう	名	N4	颱風
🔊	58	秋雨	あきさめ	名	–	秋雨
🔊	59	落ち葉	おちば	名	N1	落葉
🔊	60	木枯らし	こがらし	名	–	秋風
🔊	61	長月	ながつき	名	–	＝九月
🔊	62	お月見	おつきみ	名	N3	賞月
🔊	63	神無月	かんなづき	名	–	＝十月
🔊	64	運動会	うんどう-かい	名	N4	運動會
🔊	65	紅葉	こうよう	名	N2	紅葉（變成紅葉）
🔊	66	芸術	げいじゅつ	名	N3	藝術
🔊	67	読書	どくしょ	名	N4	讀書
🔊	68	スポーツ		名	N5	運動
🔊	69	食欲	しょくよく	名	N3	食欲
🔊	70	霜月	しもつき	名	–	＝十一月

🔊 71 **<冬（ふゆ）>** 冬天

🔊	72	雪	ゆき	名	N5	雪
🔊	73	北風	きたかぜ	名	–	北風
🔊	74	除夜の鐘	じょやのかね	名	–	除夕的鐘聲

🔊	75	忘年会	ぼうねん-かい	名	N2	尾牙
🔊	76	鍋料理	なべ-りょうり	名	–	火鍋料理
🔊	77	イルミネーション		名	–	彩燈，霓虹燈
🔊	78	新年会	しんねん-かい	名	N2	春酒
🔊	79	おせち料理	おせち-りょうり	名	–	日本新年料理
🔊	80	初日の出	はつひので	名	N1	元旦的日出
🔊	81	元旦	がんたん	名	N3	元旦
🔊	82	初詣	はつもうで	名	–	新年第一次參拜
🔊	83	餅つき	もちつき	名	–	搗年糕
🔊	84	師走	しわす	名	–	＝十二月
🔊	85	冬休み	ふゆ-やすみ	名	N5	寒假
🔊	86	お歳暮	おせいぼ	名	–	歲末送禮
🔊	87	クリスマス		名	N4	耶誕節
🔊	88	大晦日	おおみそか	名	N3	除夕夜
🔊	89	睦月	むつき	名	–	＝一月
🔊	90	正月	しょうがつ	名	N4	正月
🔊	91	年賀状	ねんが-じょう	名	N3	賀年卡
🔊	92	如月	きさらぎ	名	–	＝二月
🔊	93	節分	せつぶん	名	N3	節分（立春前一天）
🔊	94	バレンタインデー		名	–	情人節

🔊 95 ◆ **下線に入ることばをかえてみよう**
　　　か せん　　はい
　　替換練習

🔊	96	芽を出す	めをだす	–	N1	出芽，發芽
🔊	97	舞う	まう	動	N1	漫天飛舞
🔊	98	響く	ひびく	動	N2	吟唱，鳴叫
🔊	99	咲く	さく	動	N3	開（花）
🔊	100	満開	まんかい	名	–	盛開
🔊	101	散る	ちる	動	N3	凋零，散落
🔊	102	暑い	あつい	い形	N5	熱
🔊	103	蒸し暑い	むしあつい	い形	N2	悶熱
🔊	104	寒い	さむい	い形	N5	冷
🔊	105	肌寒い	はだざむい	い形	N2	涼颼颼
🔊	106	暑さ	あつ-さ	名	N3	暑氣
🔊	107	寒さ	さむ-さ	名	N3	寒氣
🔊	108	厳しい	きびしい	い形	N4	嚴重，厲害
🔊	109	和らぐ	やわらぐ	動	N1	緩和，變弱
🔊	110	厳しくなる	きびしくなる	動	N4	加強，程度更勝
🔊	111	浮かぶ	うかぶ	動	N2	浮現
🔊	112	吹く	ふく	動	N4	吹
🔊	113	近づく	ちかづく	動	N2	靠近

🔊	114	接近〈する〉	せっきん〈する〉	名/動 [N2]	接近
🔊	115	上陸〈する〉	じょうりく〈する〉	名/動 [N1]	登陸
🔊	116	直撃〈する〉	ちょくげき〈する〉	名/動 –	直撃
🔊	117	通過〈する〉	つうか〈する〉	名/動 [N2]	經過
🔊	118	梅雨前線	ばいうぜんせん	名 –	（梅雨）前線
🔊	119	楽しむ	たのしむ	動 [N4]	享受，欣賞
🔊	120	満喫〈する〉	まんきつ〈する〉	名/動 –	盡享，飽嘗
🔊	121	送る	おくる	動 [N4]	寄送
🔊	122	届く	とどく	動 [N3]	收到
🔊	123	旬	しゅん	名 [N1]	時節，季節
🔊	124	堪能〈する〉	たんのう〈する〉	名/動 –	盡情享用

◆季節のあいさつを書いてみよう
季節問候

▶ ＿＿＿＿＿＿季節になりましたが、いかがお過ごしでしょうか。
正值～季節，您過得怎麼樣？

▶ 明けましておめでとうございます。
新年快樂。

▶ では、＿＿＿＿＿＿、お体にお気をつけてお過ごしください。
請您務必保重身體。

▶ 過ごしやすい季節ではありますが
正值非常舒適的時節……

▶ 暑い日が続きますが
連日持續高溫……

▶ 寒い日が続きますが
連日持續嚴寒……

▶ よいお年をお迎えください。
祝您過個好年。

⑧ 猫の手も借りたい　―慣用句・ことわざ―

🔊 1　**① 体のことばを使った慣用句**
　　帯有身體部位詞彙的慣用語

本冊
P.70-72

🔊				
🔊 2	頭が固い	あたまがかたい	N2	固執，頑固
🔊 3	頭が痛い	あたまがいたい	N2	傷腦筋
🔊 4	頭に来る	あたまにくる	N2	生氣，惱怒
🔊 5	（〜に）耳を傾ける	（〜に）みみをかたむける	N2	傾聽，聆聽
🔊 6	耳が痛い	みみがいたい	N2	刺耳，逆耳
🔊 7	耳を疑う	みみをうたがう	N2	不相信自己的耳朵，懷疑聽錯
🔊 8	（〜の）目を盗む	（〜の）めをぬすむ	N2	背著……偷偷地，避人耳目
🔊 9	（〜に）目がない	（〜に）めがない	N2	對…著迷
🔊 10	目が点になる	めがてんになる	N2	驚呆，愕然
🔊 11	口が滑る	くちがすべる	N2	說漏嘴，口風不緊
🔊 12	口が減らない	くちがへらない	N2	頂嘴，嘴硬
🔊 13	口が堅い	くちがかたい	N2	守口如瓶，口風緊
🔊 14	顔に出る	かおにでる	N2	喜形於色，臉上露出心情
🔊 15	顔が広い	かおがひろい	N2	交際廣，有人脈
🔊 16	顔から火が出る	かおからひがでる	N2	（害羞得）滿臉通紅
🔊 17	胸を打つ	むねをうつ	N2	動人心弦，感動
🔊 18	胸が痛む	むねがいたむ	N2	心痛，難過，傷心
🔊 19	（〜に）胸をふくらませる	（〜に）むねをふくらませる	N2	滿心期待，充滿希望
🔊 20	手に入れる	てにいれる	N2	得到，入手
🔊 21	手を抜く	てをぬく	N2	偷工減料，草草了事
🔊 22	手が付けられない	てがつけられない	N2	無從下手，無計可施
🔊 23	足を運ぶ	あしをはこぶ	N2	〜特地前往
🔊 24	足が遠のく	あしがとおのく	N2	不常往來，疏遠
🔊 25	（〜の）足を引っ張る	（〜の）あしをひっぱる	N2	拖後腿

🔊 26　**② 体のことばを使ったことわざ**　帯有身體詞彙的諺語

🔊				
🔊 27	鬼の目にも涙	おにのめにもなみだ	-	石頭人也會落淚
🔊 28	耳にタコができる	みみにタコができる	-	老調重提，耳朵長繭
🔊 29	壁に耳あり障子に目あり	かべにみみありしょうじにめあり	-	隔牆有耳
🔊 30	仏の顔も三度まで	ほとけのかおもさんどまで	-	忍耐是有限度的，事不過三
🔊 31	口は災いの元	くちはわざわいのもと	-	禍從口出，言多必失
🔊 32	のど元過ぎれば熱さを忘れる	のどもとすぎればあつさをわすれる		好了傷疤忘了疼

◆ 慣用句の意味を見てみよう　慣用句的意思

頭が固い	頑固で、考えが変えられない
頭が痛い	心配なことがあって悩む
頭に来る	怒らずにはいられない、怒りたくなる
（～に）耳を傾ける	熱心にしっかり聞く
耳が痛い	自分の悪いところや間違いを言われて、聞くのがつらい
耳を疑う	聞いた話が本当かどうか信じられない
（～の）目を盗む	人に見られないように、隠れてする
（～に）目がない	とても好き
目が点になる	突然のことでびっくりする、驚く
口が滑る	言ってはいけないことをうっかり言ってしまう
口が減らない	何を言われても、次々言い返す
口が堅い	秘密などをほかの人に話さない
顔に出る	気持ちが表情に表れる
顔が広い	知り合いが多い
顔から火が出る	恥ずかしくて、顔が赤くなる
胸を打つ	とても感動する
胸が痛む	とても悲しくなる、つらくなる
（～に）胸をふくらませる	期待や希望で胸がいっぱいになる、とても楽しみにする
手に入れる	自分のものにする
手を抜く	いい加減にやる、しっかりやらない
手が付けられない	どうしたらいいかわからない、扱いに困る
足を運ぶ	わざわざ行く
足が遠のく	よく行っていたところに行かなくなる
（～の）足を引っ張る	ほかの人の成功などをじゃまして迷惑をかける

◆ ことわざの意味を見てみよう　諺語的意思

鬼の目にも涙	いつも厳しくて怖い人でも、時には優しい気持ちになって涙を流すこともある
耳にタコができる	同じことを何度も言われて、嫌になる
壁に耳あり障子に目あり	どこで聞かれたり見られたりしているかわからないから、人に聞かれたくない話をするときは注意したほうがいい
仏の顔も三度まで	どんなに優しい人でも、何度も失礼なことをされれば怒る
口は災いのもと	うっかり言ったことで、自分自身に不幸な出来事が起こることがあるから、ことばには十分に注意したほうがいい

のど元過ぎれば熱さを忘れる　　嫌なことや苦しいこと、人の親切も時間が過ぎれば忘れてしまう

猫の手も借りたい　　とても忙しい

◆慣用句・ことわざの紹介をしてみよう
慣用句介紹、諺語

▶ （日本の慣用句） とは、（慣用句の意味） という意味です。

所謂（日語慣用句），就是（慣用句的意思）的意思。

▶ 「 （慣用句の使用例） 」のように使います。

像「（使用慣用句的例句）」這樣使用這個慣用句。

▶ （自分の国） では、（慣用句の意味） を （自分の国の慣用句） と言います。

在（自己的國家），表達（慣用句的意思）時，我們說（自己國家的慣用句）。

⑨ 富士山 ―世界遺産・名所紹介―
（ふじさん）　（せかいいさん・めいしょしょうかい）

🔊 1 **日本の世界遺産　〜自然遺産・文化遺産〜**
（にほんのせかいいさん　〜しぜんいさん・ぶんかいさん〜）
日本的世界遺産〜自然遺産・文化遺産〜

🔊 2 **＜位置を表すことば＞**（いちをあらわすことば）　表示地理位置的詞彙

🔊	3	北	きた	名	N4	北，北邊
🔊	4	北東	ほくとう	名	-	東北
🔊	5	東	ひがし	名	N4	東，東邊
🔊	6	南東	なんとう	名	-	東南
🔊	7	南	みなみ	名	N4	南，南邊
🔊	8	南西	なんせい	名	-	西南
🔊	9	西	にし	名	N4	西，西邊
🔊	10	北西	ほくせい	名	-	西北
🔊	11	中央	ちゅうおう	名	N3	中央
🔊	12	位置している	いちしている	動	N1	〜位於
🔊	13	川	かわ	名	N5	河，河川，河流
🔊	14	またがっている		動	N1	〜〜 横穿，橫跨
🔊	15	面している	めんしている	動	N1	面向，面對
🔊	16	海	うみ	名	N5	海，大海
🔊	17	囲まれている	かこまれている	動	N2	〜被包圍，被環繞

🔊 18 **◆ 下線に入ることばをかえてみよう。ことばを言いかえてみよう。**
（かせんにはいる）　　　　　　　　　　　　　（い）
替換畫線部分。嘗試用不同的詞彙表達。

🔊	19	場所	ばしょ	名	N4	地點
🔊	20	北東部	ほくとう-ぶ	名	N2	（東北）部
🔊	21	山	やま	名	N5	山
🔊	22	約	やく	副	N3	大約
🔊	23	離れたところ	はなれたところ	-	N3	距離較遠的地方
🔊	24	南南東	なんなんとう	名	-	東南與南之間的方位
🔊	25	見どころ	みどころ	名	N1	景點，值得看的地方
🔊	26	国	くに	名	N5	國家
🔊	27	地域	ちいき	名	N3	地區
🔊	28	代表〈する〉	だいひょう〈する〉	名/動	N3	代表
🔊	29	建築物	けんちくぶつ	名	N2	建築物
🔊	30	保っている	たもっている	動	N1	保留，留下
🔊	31	自然	しぜん	名	N3	自然
🔊	32	風景	ふうけい	名	N2	風景
🔊	33	伝統	でんとう	名	N2	傳統
🔊	34	調和	ちょうわ	名	N1	和諧
🔊	35	今	いま	名	N5	如今，至今，今天

🔊	36	残る	のこる	動	N4	留下，保留
🔊	37	現存〈する〉	げんそん〈する〉	名/動	-	現存，存留下來
🔊	38	最も	もっとも	副	N4	最
🔊	39	古い	ふるい	い形	N5	古老
🔊	40	最古	さいこ	名	-	最古老
🔊	41	ただ一つ	ただひとつ	-	-	唯一
🔊	42	唯一	ゆいいつ	名	N2	唯一
🔊	43	だけ		助	N5	只
🔊	44	持つ	もつ	動	N5	有，擁有
🔊	45	独自	どくじ	名	N1	獨特，特有
🔊	46	有名（な）	ゆうめい（な）	な形	N5	有名
🔊	47	代表的（な）	だいひょうてき（な）	な形	N3	具有代表性的
🔊	48	有数	ゆうすう	名	-	為數不多
🔊	49	屈指	くっし	名	-	屈指可數
🔊	50	感じられる	かんじられる	動	N3	感覺，可以感受到
🔊	51	神秘	しんぴ	名	N1	神秘
🔊	52	パワー		名	-	力量
🔊	53	動物	どうぶつ	名	N5	動物
🔊	54	生物	せいぶつ	名	N2	生物，活物
🔊	55	すむ		動	N1	生存，生活，棲息
🔊	56	生息〈する〉	せいそく〈する〉	名/動	-	生存，生活，棲息
🔊	57	生息地	せいそく-ち	名	-	棲息地，生存的地方
🔊	58	生えている	はえている	動	N2	生長
🔊	59	生育〈する〉	せいいく〈する〉	名/動	-	生長
🔊	60	生育地	せいいく-ち	名	-	生長地
🔊	61	景色	けしき	名	N3	景色
🔊	62	景観	けいかん	名	-	景觀，景致
🔊	63	すばらしい		い形	N4	宏偉，極好，絕妙
🔊	64	絶景	ぜっけい	名	-	絕景，絕佳的景色
🔊	65	少ない	すくない	い形	N5	少
🔊	66	珍しい	めずらしい	い形	N4	罕見，稀有
🔊	67	希少（な）	きしょう（な）	な形	-	罕見，稀少
🔊	68	～にしかない		-	N3	～僅有，得天獨厚
🔊	69	固有	こゆう	名	N1	特有
🔊	70	資源	しげん	名	N2	資源
🔊	71	たくさん		副	N5	很多
🔊	72	宝庫	ほうこ	名	-	寶庫
🔊	73	伝える	つたえる	動	N4	傳播，傳承
🔊	74	歴史	れきし	名	N4	歷史
🔊	75	文化	ぶんか	名	N4	文化
🔊	76	栄える	さかえる	動	N1	興旺，昌盛

🔊	77	～（の）地	～（の）ち	名	N2	～～之地
🔊	78	中心	ちゅうしん	名	N4	中心
🔊	79	中心地	ちゅうしん-ち	名	N3	中心地
🔊	80	首都	しゅと	名	N2	首都
🔊	81	施されている	ほどこされている	動	N1	～使用
🔊	82	飾り	かざり	名	N2	裝飾，裝扮
🔊	83	装飾	そうしょく	名	N1	裝飾
🔊	84	細工	さいく	名	N1	工藝
🔊	85	仕掛け	しかけ	名	N1	構造，結構
🔊	86	深く関係している	ふかくかんけいしている	-	N2	～～息息相關
🔊	87	信仰	しんこう	名	N2	信仰
🔊	88	芸術	げいじゅつ	名	N3	藝術
🔊	89	城	しろ	名	N2	城堡
🔊	90	建てる	たてる	動	N4	建造
🔊	91	築く	きずく	動	N1	築造，建造
🔊	92	築城〈する〉	ちくじょう〈する〉	名/動		築城，築造城堡

◆世界遺産の紹介をしてみよう　世界遺産介紹

▶ （世界遺産）は、（場所）にあります／に位置しています。
（世界遺産）位於（地點）。

▶ （見どころ）で（も）有名です／として（も）知られています。
因（景點）而聞名。

▶ （見どころ）も魅力の一つです。
（景點）也是其魅力之一。

▶ （理由）ことから（呼び名）と（も）言われています。
由於（原因）被稱為（名稱）。

▶ （世界遺産）のお土産といえば、（土産物）が有名です。

提到（世界遺産）的土特產，（土特產）很有名。

⑩ 50%を占めている ─グラフ─

🔊 1 **❶ グラフの種類** 圖表種類

🔊	2	棒グラフ	ぼう-グラフ	名	N2	直條圖
🔊	3	帯グラフ	おび-グラフ	名	N2	橫條圖
🔊	4	折れ線グラフ	おれせん-グラフ	名	N2	折線圖
🔊	5	円グラフ	えん-グラフ	名	N2	圓餅圖

🔊 6 **❷ グラフの数値・比較・変化** 圖表數值・比較・變化

🔊	7	達している	たっしている	動	N2	～達到
🔊	8	上っている	のぼっている	動	N1	上升，上升至
🔊	9	及んでいる	およんでいる	動	N1	～達到，至於
🔊	10	上回っている	うわまわっている	動	N1	超出，超過
🔊	11	超えている	こえている	動	N2	超過
🔊	12	下回っている	したまわっている	動	N1	低於
🔊	13	割っている	わっている	動	N1	突破，低於，降至……以下
🔊	14	ほぼ		副	N2	大致，基本上
🔊	15	同じ	おなじ	名	N5	相同，一樣
🔊	16	変わらない	かわらない	動	N4	沒有區別
🔊	17	とどまっている		動	N2	止於，停留在，僅有
🔊	18	半数	はんすう	名	N2	半數，一半
🔊	19	占めている	しめている	動	N2	占
🔊	20	2倍	2-ばい	名	N4	（兩）倍
🔊	21	～より		-	N4	～比
🔊	22	～に比べて	～にくらべて	-	N3	～與…比
🔊	23	～と比較して	～とひかくして	-	N3	～與…比較
🔊	24	低い	ひくい	い形	N5	低
🔊	25	少ない	すくない	い形	N5	少
🔊	26	増えている	ふえている	動	N4	增加
🔊	27	増加している	ぞうかしている	動	N3	增加
🔊	28	上がっている	あがっている	動	N4	上升
🔊	29	上昇している	じょうしょうしている	動	N2	上升
🔊	30	右肩上がり	みぎかたあがり	名	-	不斷上升，好景氣
🔊	31	伸びている	のびている	動	N3	發展，增加
🔊	32	減っている	へっている	動	N4	減少
🔊	33	減少している	げんしょうしている	動	N3	減少
🔊	34	下がっている	さがっている	動	N4	下降
🔊	35	低下している	ていかしている	動	N2	下降
🔊	36	下降している	かこうしている	動	N1	下降
🔊	37	一方	いっぽう	名	N2	一直，一個勁兒地

🔊	38	低下の一途をたどっている	ていかのいっとをたどっている	–	N1	朝一個方向發展，走勢一路（下滑）
🔊	39	変化	へんか	名	N3	變化
🔊	40	みられない		動	N2	看不出
🔊	41	一定	いってい	名	N2	固定，平穩
🔊	42	横ばい	よこばい	名	–	平穩，停滯
🔊	43	状態	じょうたい	名	N3	狀態
🔊	44	続いている	つづいている	動	N4	持續，接連
🔊	45	みられる		動	N2	出現，看得出
🔊	46	変動	へんどう	名	N1	波動，變動
🔊	47	転じている	てんじている	動	N1	轉變，改變
🔊	48	跳ね上がっている	はねあがっている	動	–	猛漲，激增
🔊	49	最も	もっとも	副	N4	最
🔊	50	高い	たかい	い形	N5	高
🔊	51	多い	おおい	い形	N5	多
🔊	52	落ち込んでいる	おちこんでいる	動	N2	跌至，降至（低谷）

◆ グラフの説明をしてみよう
解釋說明圖表

①グラフの紹介
圖表介紹

▶ この （グラフの種類） は、（グラフの内容） を示している／表している。

此（圖表種類）表示（圖表內容）。

②グラフの説明
圖表說明

▶ 調査の結果を見ると、Aは （程度を表すことば） （変化・状態を表す動詞）。

從調查結果可見，A（表示變化・狀態的動詞）（表示程度的詞）

🔊 53 **＜程度を表すことば＞**　表示程度的詞彙

🔊	54	大きく	おおきく	副	N3	大大（地）
🔊	55	著しく	いちじるしく	副	N1	顯著（地）
🔊	56	大幅に	おおはばに	副	N1	大幅（地）
🔊	57	急激に	きゅうげきに	副	N2	急劇（地）
🔊	58	急速に	きゅうそくに	副	N2	急速（地）
🔊	59	一気に	いっきに	副	N2	一下子
🔊	60	わずかに		副	N2	略微（地）
🔊	61	少し	すこし	副	N5	稍微（地）

🔊	62	徐々に	じょじょに	副	N2	緩緩（地）
🔊	63	次第に	しだいに	副	N2	逐漸（地）
🔊	64	ほとんど		副	N4	大體上／基本上
🔊	65	約	やく	副	N3	約／大約
🔊	66	およそ		副	N2	大約
🔊	67	50%程度	50%程度	名	N2	（50%）左右

---

③調査結果・数値からわかること　　從調查結果果・數值可知訊息

▶ この　調査結果／こと／数値　から、（わかったこと）　ということが
わかった／明らかになった／認められた／示された／示唆された。

從此調查結果／數值，可知／可明確／可見（已知訊息）。

▶ （理由）　から／ため（だ）と考えられる／思われる／推測される／推測で
きる。

可想／可推測是由於（原因）。

1 電子レンジでチンする —料理—

3 練習してみよう
本冊 P.16-17

❶ ①なべで — ゆでる
②フライパンで — 炒める
③ピーラーで — 皮をむく
④電子レンジで — チンする
⑤炊飯器で — ご飯を炊く
⑥計量スプーンで — 量る

❷ ①ニンジンの皮をむき
②キャベツを千切りにし
③玉ネギをみじん切りにし

❸ ①600W（ワット）
②500ml（ミリリットル）
③大さじ2杯
④強火
⑤160℃（ど）

❹ ①包丁・ピーラー／むき
②半分／かけ
③焼き
④加減
⑤千切り
⑥揚げる
⑦量っ
⑧温め・加熱し・チンし

4 聞いてみよう
本冊 P.18

CD 01 乱切り／食べやすい大きさ／
乱切りにした／炒めます／なべ／
強火／中火／煮ます／砂糖／加えて

CD 02 炊い／混ぜます／みりん／
フライパン／焼い

2 寒気がする —病気・症状—

3 練習してみよう
本冊 P.24-25

❶ ①鼻が — つまる
②血が — 出る
③お腹を — 壊す
④体が — ゾクゾクする

❷ ①し／する
②とる
③出／出る
④し
⑤出
⑥とっ／し
⑦出し

❸ ①通院して
②薬を処方して・処方せんを出
して
③腹痛がして
④ねんざして
⑤服用して

❹ ①熱・高熱／だるい
②水分
③し／打た・さ
④やけど
⑤折れ／すりむい
⑥かゆみ
⑦打っ・し
⑧カプセル・錠剤
⑨くしゃみ／鼻水
⑩かゆい・痛い／さし

4 聞いてみよう
本冊 P.26

CD 04 風邪をひいた／のどが痛い

熱が出た／熱／気味／水分

食欲／血

吐き気がする

3 カジュアルな感じ ―服選び―

3 練習してみよう
本冊 P.32-33

❶ ストライプ ― ③ ― ジャケット

水玉（模様） ― ④ ― ジャージ

チェック ― ⑤ ― スニーカー

花柄 ― ① ― パーカー

ボーダー ― ② ― ポロシャツ

❷
①高
②動き
③ゆる
④破れ
⑤詰め
⑥すそ
⑦股上
⑧ひざ
⑨首周り
⑩ウエスト

❸
①丈夫・厚手
②カジュアル・ラフ
③肌触り・着心地
④派手・華やか・ゴージャス
⑤ぴったり・ゆるゆる・ブカブカ
⑥通気性・吸水性
⑦清潔感
⑧薄手

❹ （※答えの例）
①短めのパンツにスニーカーのよう

なカジュアルな

②ワンピースにタイツのような

かわいい

③ストライプのシャツに無地の

スカートのようなさわやかな

④ジャージにスニーカーのよう

な動きやすい

4 聞いてみよう
本冊 P.34

**CD
09** スーツ／落ち着いた／派手すぎない

／耐久性／すそ／詰めて

**CD
10** ワンピース／清楚／華やか／花柄／

着心地／ちょうどよかった

4 発想力が豊か ―性格―

3 練習してみよう
本冊 P.40-41

❶
①積極的（な） ― 消極的（な）
②ポジティブ（な） ― ネガ

ティブ（な）
③協調性がある ― 自己中心

的（な）
④心が広い ― 心が狭い
⑤几帳面（な） ― おおざっぱ

（な）
⑥温かい ― 冷たい
⑦楽観的（な） ― 悲観的（な）

❷
①思いやり
②社交
③自己中心
④ユーモア
⑤楽観
⑥向上心

⑦子ども
⑧面倒くさがり
⑨目立ちたがり
⑩飽き

❸①落ち着い
②マイナス
③広い
④ひねくれ
⑤優柔不断
⑥ルーズな・だらしない
⑦短く
⑧八方美人

❹（※答えの例）
①面倒見がよくて責任感が強い／
恥ずかしがり屋で忍耐強くない
②行動力があって責任感がある／
人見知りで心が狭い
③向上心があって裏表がない／
意地悪で八方美人の

◆4 聞いてみよう
本冊
P.42

CD 12 親切／温かい／思いやりがある
CD 13 面倒見がよく／面白い／ネガティブ
CD 14 内向的／人見知り／社交的／積極的
CD 15 心配性／責任感があっ／しっかり

5 2LDKの高層マンション —家探し—

◆3 練習してみよう
本冊
P.48-49

❶①日当たり
②沿線／築
③ダイニングキッチン
④共益費／管理費

⑤とり
⑥更新し

❷①エアコン付きの
②最寄りの／徒歩
③即入居可です
④敷金・礼金不要です

❸（※答えの例）
①渋谷駅周辺でワンルームの
②共益費・管理費／5万
③バス・トイレ別／築年数は古
くても

❹ターナーさん　（B）
ホアンさん　（C）
エリーさん　（A）

◆4 聞いてみよう
本冊
P.50

CD 18 庭／一戸建て／台所／リビング
CD 19 2LDK／高層／新築／クローゼット
／家賃
CD 20 内覧／入居／費用／3／礼金／手数
料／鍵

6 価値観が合う人 —結婚—

◆3 練習してみよう
本冊
P.56-57

❶①新郎 — 新婦
②未婚 — 既婚
③結婚 — 離婚
④お見合い — 恋愛

❷①されました／受ける
②挙げ・し／入れる
③出し／抜き

❸ ①相性が合う・うまが合う

②ぐいぐい引っ張ってくれる・

　リードしてくれる

③気配りができる・心配りができる

④お金にうるさい・けちな

⑤心が広い・寛容な

⑥短気な・怒りっぽい

⑦自分勝手・自己中心的

❹ （※答えの例）

①共通の趣味

②価値観

③浮気をする

④経済力がなくても／尊敬できる

⑤お金があっても／束縛する

❹ 聞いてみよう

本冊 P.58

CD 22 料理が上手／好みが合う／嘘をつく／
言い合える

CD 23 心配り／親を大切に／束縛する／
両親のような

CD 24 婚姻届／引き出物

CD 25 恋愛結婚／お見合い結婚／挙げる

7 桜が舞う ―季節―

❸ 練習してみよう

本冊 P.64-65

❶ 春 ― ③菜の花

　夏 ― ⑤入道雲

　秋 ― ①木枯らし　④お月見

　冬 ― ②節分

❷ ①吹く

②旬

③芽を出し

④咲き

⑤楽しみ・満喫し

⑥入道雲

⑦台風

⑧和らい

⑨落ち葉

⑩除夜の鐘

⑪堪能

⑫年賀状

❸ （※答えの例）

①風鈴の音が響く

　青い空に入道雲が浮かんでい

　ます。

　一面のヒマワリが満開です。

　セミの声が響いて、よけいに

　暑く感じます。

②紅葉の美しい

　コスモスが満開になって、き

　れいです。

　いわし雲が秋の空に浮かんで

　います。

　たくさんの赤トンボが空を舞っ

　ています。

③イルミネーションの美しい

　除夜の鐘が響いています。

　北風が冷たいです。

　雪が積もって、町が白くなり

　ました。

❹ 聞いてみよう

本冊 P.66

CD 27 雪が降る／イルミネーション／鍋料
理

CD 28 スポーツ／読書／柿／栗／いわし雲
／紅葉

5 やってみよう

本冊 P.68

❷ ＜夏の便りの例＞

山本さん

　風鈴の音が響く季節になりましたが、いかがお過ごしでしょうか。

　今年の夏は、とにかく暑さの厳しい日が続いていますね。山本さんは夏を満喫していますか。私は先週、クラスメイトと盆踊りへ行きました。友だちに浴衣を着せてもらって、初めて盆踊りを踊りました。踊りが下手で、少し恥ずかしかったですが、楽しかったです。秋になったら、秋祭りも見てみたいと思っています。

　では、暑い日が続きますが、お体にお気をつけてお過ごしください。

オ・チャンホ

＜秋の便りの例＞

高橋先生

　コスモスの美しい季節になりましたが、いかがお過ごしでしょうか。

　先週、日本に台風が上陸したとニュースで見ましたが、大丈夫でしたか。秋は台風の季節とも言われているそうですね。留学中に東京に大きな台風が直撃したとき、まるで洗濯機の中にいるような気分だったことを思い出します。

　最近は、就職活動でとても忙しいです。日本と関係がある会社に就職したいと思っていますが、日本語だけでなく、英語やほかの試験もあるので大変です。でも、先生や友だちに相談したりしながら、がんばっています。

　では、過ごしやすい季節ではありますが、お体にお気をつけてお過ごしください。

カ・タンタン

8 猫の手も借りたい ―慣用句・ことわざ―

❸ 練習してみよう

本冊 P.73-75

❶ ①固い／痛い／来る
　②傾ける／痛い／疑う
　③盗む／ない／点になる
　④滑る／減らない／堅い
　⑤出る／広い／火が出る
　⑥打つ／痛む／ふくらませる
　⑦入れる／抜く／付けられない
　⑧運ぶ／遠のく／引っ張る

❷ ①三度まで
　②災いの元
　③手も借りたい
　④熱さを忘れる
　⑤目にも涙
　⑥耳あり／目あり
　⑦タコができる

❸ ①親の目を盗んで
　②足を運んだ
　③話に耳を傾けて
　④再会に胸をふくらませて
　⑤おいしいものに目がない

⑥顔から火が出ました

⑦耳を疑いました

⑧顔に出ません

⑨みんなの足を引っ張っている

⑩腹が立ちました

⑪パソコンを手に入れた

⑫胸が痛みました

❹①口は災いの元

②仏の顔も三度まで

③鬼の目にも涙

④猫の手も借りたい

⑤耳にタコができ

4 聞いてみよう
本冊 P.76

CD33 口が堅い／口が滑って

CD34 胸を打たれて

CD35 顔が広い／足が遠のいて

CD36 目が点になった／耳あり／目あり

CD37 タコができる／のど元／熱さ

9 富士山 —世界遺産・名所紹介—

3 練習してみよう
本冊 P.84-86

❶①南西／面した

②またがった

③囲まれた

❷①生息して

②絶景

③現存している／最古の

④景観

⑤固有の／生息地

⑥独自の

⑦有数の・屈指の

⑧希少な

❸①

問1：江戸時代に建てられた天守閣が現存していることで有名です。

問2：お城の壁が真っ白で美しいからです。

②

問1：世界屈指の真っ青な海にはクジラやイルカが、山や森には小笠原固有の生物が生息しています。

問2：南米のガラパゴス諸島のような、独自の生態系を作っているからです。

③

問1：平安時代から江戸時代を代表する17か所の寺・神社・城が登録されています。

問2：大きな決断をするときの例えに使われます。

4 聞いてみよう
本冊 P.87

CD40 宝庫／南南西／固有／生息している

CD41 南西部／面した／見どころ／景観／お土産

10 50%を占めている —グラフ—

3 練習してみよう
本冊 P.94-96

❶①円グラフ

②折れ線グラフ

③棒グラフ
④帯グラフ

❷
【1】①ほぼ・ほとんど／
変化はない・変化はみられない・一定である・横ばい状態が続いている
②落ち込んでいる
③一気・急激・急速・大幅・60／
増えている・増加している・上がっている・上昇している・伸びている・跳ね上がっている
④減っている・減少している・下がっている・低下している・下降している・減少する一方である・低下する一方である・下降する一方である・減少の一途をたどっている・低下の一途をたどっている・下降の一途をたどっている
⑤上回り／
増えている・増加している・上がっている・上昇している・伸びている
【2】⑥約・およそ／を占めている
⑦程度／とどまっている
⑧約・およそ／3／になっている

❸
【1】①×　②○　③×　④×
　　⑤×
【2】①×　②×　③○　④×

❹①示している・表している
②折れ線／棒グラフ／
示している・表している

③低く／高く／
達している・上っている・及んでいる
④一途をたどっている
⑤ほぼ・ほとんど
⑥大きく・著しく・大幅に・急激に・急速に・一気に／
増え・増加し・上がり・上昇し・伸び／
わずかに・少し・徐々に・次第に／
増えている・増加している・上がっている・上昇している・伸びている
⑦減っている・減少している・下がっている・低下している・下降している・落ち込んでいる／
上回っている・超えている
⑧大きく・著しく・大幅に・急激に・急速に・一気に／
下回っている・割っている
⑨わかった・明らかになった・認められた・示された・示唆された
⑩考えられる・思われる・推測される・推測できる

4 聞いてみよう

本冊P.97

CD43 円グラフ／表しています／を占めていました／を上回っています／にとどまり／調査結果／明らかになりました／と推測されます／わかりました

⑤ やってみよう

❶（※答えの例）

　この2つのグラフは、ペットについての調査結果を表しています。

　図1の円グラフは、「ペットを飼ったことがあるか」を示し、図2の棒グラフは、「何を飼ったことがあるか」を示しています。

　調査の結果を見ると、図1の「ペットを飼ったことがあるか」については、「いま飼っている」と答えた人は、31.2%、「飼っていたことがある」と答えた人は49.5%で、ペットを飼ったことがある人が全体の約80%を占めていました。また、図2の「何を飼ったことがあるか」については、熱帯魚・金魚と犬が約55%で最も多く、次に鳥で35%を少し上回っていました。猫は鳥より少なく、30%程度でした。

　これらの調査結果から、ペットを飼ったことがある人が多いことが明らかになりました。また、熱帯魚や金魚は鳥や猫よりも人気があることがわかりました。これは、鳥や猫よりも飼いやすいと思う人が多いためだと考えられます。調査をする前は、犬と猫が人気があると思っていたので、この結果には少しびっくりしました。